미지의 별

TERRA INCOGNITA: THREE NOVELLAS

Copyright © 2018 by Connie Willis

Korean-language edition copyright © 2025 by Arzaklivres
Published by arrangement with The Lotts Agency, Ltd. and Danny Hong Agency

이 책의 한국어판 저작권은 대니홍 에이전시를 통한 저작권사와의 독점 계약으로 (주)아작에 있습니다. 저작권법에 의해 한국 내에서 보호를 받는 저작물이므로 무단전재와 복제를 금합니다.

미지의 별

🪐 한국 SF 걸작선 — 김세영 엮음

아작

 차례

183차 탐사: 19일째 ——————— 9

킹스 X ——————— 27

183차 탐사: 1일째 ——————— 59

183차 탐사: 2일째 ——————— 115

183차 탐사: 3일째 ——————— 147

183차 탐사: 4일째 ——————— 177

183차 탐사: 5일째 ——————— 185

183차 탐사: 6일째 ——————— 191

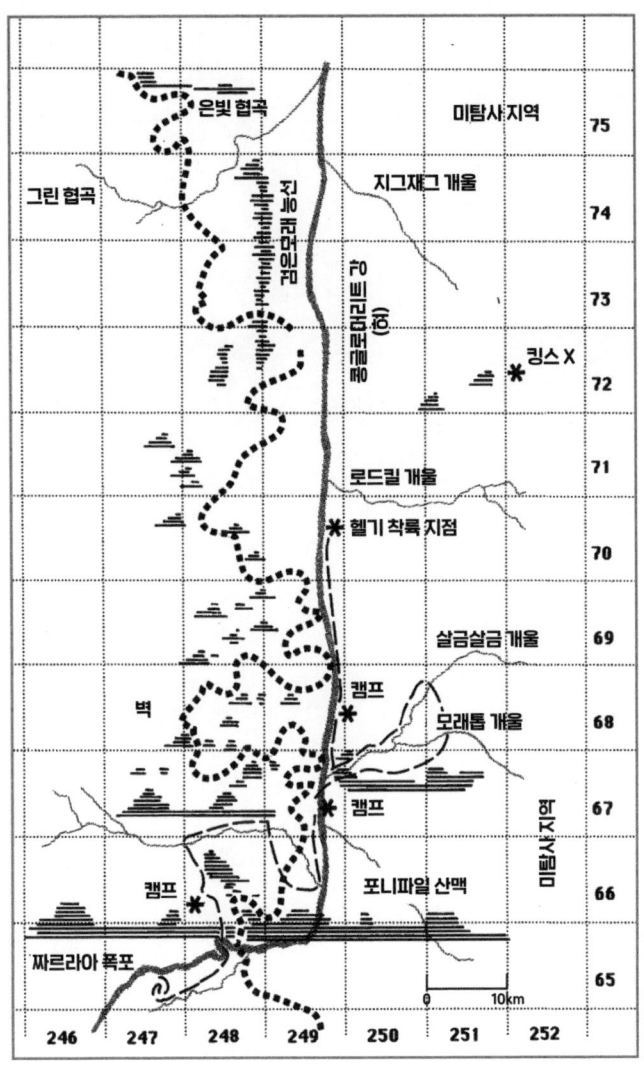

★ 183차 탐사: 19일째

카슨이 먼지구름을 발견했을 때 우리는 킹스 X에서 3킬로미터나 떨어져 있었다. "저건 또 뭐야?" 카슨이 타고 있던 조랑말의 안장뼈 너머로 몸을 내밀며 무언가를 가리켰지만 내 눈에는 아무것도 보이지 않았다.

"어디 말이야?" 내가 물었다.

"저기 저쪽. 먼지가 잔뜩 일었잖아."

하지만 내 눈에 보이는 거라곤 킹스 X를 가리는 분홍빛 산등성이와 '스코어브러시'[1]를 뜯어 먹고 있는 '러기지'[2] 몇 마리뿐이었다.

1 부우테 행성에 서식하는 거친 관목형 식물
2 원래는 짐이나 여행용 수하물을 의미하나 이 작품에서는 부우테에 서식하는 동물의 일종

내가 카슨에게 그렇게 말하자, 카슨이 말했다. "젠장, 핀, 무슨 소리야? 안 보인다니…." 그러고는 넌더리를 내며 다시 내게 말했다. "쌍안경 내놔."

"너한테 있잖아." 내가 말했다. "내가 어제 준 거 기억 안 나?" 그리고 나는 우리의 정찰대원을 소리쳐 불렀다. "이봐, 불트!"

불트는 조랑말 위에 구부정하니 앉아 안장뼈 위에 놓인 로그에 숫자를 입력하고 있었다. "불트!" 내가 소리쳤다. "저기 앞쪽에 먼지 보여?"

불트는 여전히 고개를 들지 않았다. 전혀 놀랍지 않았다. 불트는 자기가 최고로 좋아하는 일을 하느라 여념이 없었기 때문이다. 바로 벌금을 계산하는 일이었다.

"오늘 아침 짐 쌀 때 너한테 돌려줬어." 카슨이 말했다.

"오늘 아침이라고?" 내가 말했다. "오늘 아침 넌 한시라도 빨리 킹스 X로 돌아가 새로 온 임시대원을 만나야겠다며 허둥댔잖아. 아마도 출발할 때 캠프에 두고 왔겠지. 그 여자 이름이 뭐였더라? 에반젤린이었나?"

"에벌린 파커." 카슨이 말했다. "그리고 난 허둥대지 않았어."

"그럼 어쩌다가 캠프를 파손해서 벌금을 25달러나 내게 됐는데?"

"그거야 지난 며칠 동안 무슨 바람이 불었는지 불트가 온갖 것에 다 벌금을 물려대서지." 카슨이 말했다. "난 벌금 내느라 급여를 탕진해버리기 전에 하루빨리 이 탐사를 마치고 싶을 뿐이야. 보아하니 그것도 실패하게 생겼네. 네가 쌍안경을 잃어버렸으니."

"어제까지만 해도 넌 그렇게 허둥대지 않았어." 내가 말했다.

"혹시라도 울프마이어랑 마주칠 수 있을까 봐 북쪽으로 50킬로미터라도 달려갈 기세였다고. 그런데 C.J.가 연락해서 새 임시대원이 도착했고 이름이 엘리너라고 하니까, 갑자기 한시라도 빨리 귀환하고 싶어서 안달을 부렸지."

"에벌린이라고!" 카슨의 얼굴이 점점 벌게졌다. "그리고 울프마이어가 그 구역을 조사 중일 거란 생각에는 변함이 없어. 넌 그냥 임시대원이 싫어서 이러는 거잖아."

"그건 맞아." 내가 말했다. "임시대원들은 쓸모도 없으면서 골칫덩어리일 뿐이야." 그간 데리고 다닐 만큼 쓸모 있는 임시대원은 단 한 명도 없었다. 게다가 그게 여자라면 최악이었다.

그들은 하나같이 징징댔고 탐사 기간 내내 불평불만만 쏟아냈다. 실외 배관, 먼지, 불트, 조랑말 타기, 기타 등등, 머리에 떠오르는 모든 게 그들에겐 불평거리였다. 가장 최근에 함께했던 임시대원은 탐사 내내 카슨과 나를 '지구 중심적이고 지배적인 제국주의자들'이라 불렀고, '단순하고 고귀한 선주민 지성체'인 불트를 타락시켰다며 비통한 목소리로 울부짖었다. 그게 전부가 아니었다. 그 여자가 불트를 붙잡고 우리의 존재가 '이 행성의 대기를 오염시킨다'고 한 바람에, 불트는 우리가 숨만 쉬어도 벌금을 물리려 들었다.

"네 침낭 바로 옆에 쌍안경을 뒀어, 핀." 카슨이 몸을 돌려 배낭 속을 뒤적이며 내게 말했다.

"글쎄, 난 본 적 없어."

"그야 네가 눈이 먼 거나 다름없어서 그랬겠지." 카슨이 말했다. "먼지구름이 코앞으로 곧장 오는데도 못 보고 있잖아."

사실 카슨과 한참을 실랑이하는 사이, 산등성이 근처에 피어오른 한 줄기 분홍빛 먼지구름이 내 눈에도 들어왔다.

"저게 뭔 거 같아? 먼지 폭풍?" 하지만 먼지 폭풍은 온 데를 이리저리 굽이치며 휘몰아치지, 일직선으로 움직이지는 않는다.

"글쎄. 어쩌면 동물들이 떼로 몰려오는 걸지도 모르지." 카슨이 한 손을 눈 위에 올려 손차양을 만들며 말했다.

주위에 있는 동물이라곤 러기지가 유일했는데, 러기지는 지금처럼 건조한 날씨에는 떼로 몰려다니지 않는다. 게다가 동물들이 우르르 몰려온다고 하기엔 폭이 넓지도 않았다. 오히려 탐사 로버가 이동할 때나 게이트가 열릴 때 생기는 먼지에 가까웠다.

나는 컴퓨터 단말기를 발로 차 전원을 켠 뒤 무단침입자의 위치를 확인했다. 어제 카슨이 느닷없이 울프마이어를 뒤쫓겠다고 나섰을 때 컴퓨터는 그가 다질에 있다고 했고, 지금은 또 스타팅 게이트에 있다고 했다. 다시 말해 둘 중 어디에도 없다는 의미였다. 하지만 울프마이어가 정신이 나간 게 아니고서야 킹스 X와 이렇게나 가까운 곳에 게이트를 열 리는 없었다. 설령 이곳 아래 무언가가 있다손 치더라도 말이다(하지만 내가 조사한 바에 따르면 이곳의 지표와 지하에는 아무것도 없다). 특히 우리가 귀환하는 길이라는 걸 안다면 더더욱 그럴 리 없었다.

나는 가는눈을 하고 분홍빛 먼지 구름을 보며 신원 확인을 요청해야 할지 말지 고민했다. 이제 먼지구름은 속도를 높여 이동하고 있었는데, 게이트나 조랑말이 일으키는 먼지는 아니라는 의미였고 헬기라고 보기에는 너무 낮았다. "로버 같은데?" 내가 말했다. "어쩌면 새로 왔다는 그 임시대원도…, 이름이 뭐였더라? 에르네스틴? 그 여자도 너를 만나고 싶어서 안달이 나 곧장 여기로 오는 거 아닐까? 카슨, 가서 콧수염 좀 빗어야겠어."

카슨은 내 말을 귓등으로도 안 들었다. 그는 여전히 배낭을 뒤지며 쌍안경을 찾고 있었다. "네가 조랑말에 짐 실을 때 침낭 바로 옆에 분명히 놔뒀다고."

"글쎄, 난 못 봤다니까." 나는 먼지구름을 보며 말했다. 동물들이 떼로 몰려오는 게 아니라서 천만다행이었다. 만일 그랬다면 우리가 거기 서서 쌍안경에 대해 입씨름하는 동안 우리를 깔아뭉개버렸을 거다. "불트가 가져갔을지도 모르지."

"불트가 뭐 하러 가져갔겠어?" 카슨이 고래고래 소리를 질렀다. "불트 게 우리 것보다 성능이 더 좋은데."

정말 그랬다. 불트의 쌍안경에는 특정 영역을 스캔한 뒤 편광(偏光)을 조절해 더 선명히 볼 수 있는 성능이 탑재되어 있었다. 불트는 쌍안경을 목의 두 번째 관절에 걸고 다녔고 지금은 그걸 통해 먼지구름을 들여다보고 있었다. 나는 조랑말을 몰고 불트 곁으로 다가갔다. "먼지를 일으키는 게 뭔지 보여?" 내가 물었다.

불트는 쌍안경을 눈에서 떼지 않고 심각한 목소리로 말했다. "지표면 교란, 벌금 100달러."

그러면 그렇지. 불트는 이 상황을 이용해 벌금을 매기는 데에만 관심 있지, 무엇이 먼지를 일으키는지 따위에는 관심이 없었다. "우리가 일으킨 먼지도 아닌데 우리한테 벌금을 물릴 순 없어." 내가 말했다. "쌍안경 이리 줘."

불트는 목을 두 번 꺾어 쌍안경을 벗어준 다음 로그 위로 구부정하게 몸을 숙였다. "강압적 재산 압수, 25달러." 불트가 로그에 대고 말했다.

"압수라고?" 내가 소리쳤다. "말도 안 돼. 난 아무것도 압수하지 않았는데 벌금이라니. 쌍안경을 빌릴 수 있는지 분명히 물어봤잖아."

"선주민을 향한 부적절한 말투와 태도, 50달러." 불트가 로그에 대고 다시 말했다.

나는 포기하고 쌍안경을 눈에 댔다. 먼지구름은 바로 내 머리 위에 있는 듯 가까이 보였지만 더 선명하지는 않았다. 나는 해상도를 높여 다시 보았다. "로버야." 내가 카슨에게 말했다. 카슨은 조랑말에서 내려 아예 배낭에 든 짐을 전부 꺼내고 있었다.

"누가 운전해? C.J.?" 카슨이 물었다.

나는 쌍안경의 편광 장치를 조정해 먼지를 걸러낸 뒤 다시 들여다보았다. "그 임시대원 이름이 뭐라고 했지, 카슨?"

"에벌린. C.J.가 그 여자를 데려왔어?"

"운전하는 사람은 C.J.가 아니야." 내가 말했다.

"그럼 누가 운전하는데? 또 선주민이 로버를 훔쳤다고 하려는 건 아니겠지."

"선주민을 향한 부당한 비난, 75달러." 불트가 말했다.

"그거 알아? 선주민들이 무언가에 엉뚱한 이름을 붙일 때마다 네가 항상 화를 낸다는 거." 내가 카슨에게 말했다.

"그게 로버 운전자랑 무슨 상관인데?" 카슨이 물었다.

"엉뚱한 이름을 붙이는 게 선주민만은 아닌 것 같아서." 내가 말했다. "이제 빅브라더도 똑같은 짓을 하나 봐."

"그 쌍안경 이리 줘." 카슨이 쌍안경을 낚아채려 손을 뻗었다.

"강압적 재산 압수." 나는 쌍안경을 내주지 않으려고 카슨에게서 쌍안경을 멀찌감치 떨어트렸다. "오늘 아침 그렇게 서둘러 떠나지 않았다면 우리 걸 잃어버리진 않았을 텐데 말이야."

나는 쌍안경을 불트에게 돌려주었지만, 불트는 되레 그것을 카슨에게 건네주었다. 하지만 그때는 이미 로버가 충분히 가까워져 더는 쌍안경이 필요가 없었다.

로버는 먼지구름을 일으키며 부르릉 달려와 '로드킬'[3] 바로 위에 미끄러지듯 멈췄고, 운전자는 먼지가 채 걷히기도 전에 로버에서 뛰어 내려 성큼성큼 우리 쪽으로 걸어왔다.

"카슨과 핀드리디, 맞죠?" 남자가 활짝 웃으며 물었다.

통상적으로 우리와 처음 만나는 임시대원들은 불트 외의 다른 사람에겐 시선도 주지 않는다(임시대원이 남자고 C.J.가 우리와 함께 있을 땐 C.J.만 쳐다본다). 특히나 지금처럼 불트가 조랑말에서 내리며 거대한 분홍색 조립식 장난감처럼 허리 관절을 하나하나 차례로 펴 몸을 곧추세우는 모습을 볼 때면 더더욱 시선을 떼지 못한다. 그리고 임시대원이 땅바닥에 닿을 정도로 떡 벌린 턱을 다물기도 전에, 조랑말 중 하나가 갑자기 쿵 하고 쓰러지거

---

3   부우테 행성에 사는 동물의 일종

나 로버만 한 똥 덩어리를 쏟아낸다. 그러다 보니 임시대원의 관심을 받기란 여간 어려운 일이 아니었다. 카슨과 나의 존재는 보통 맨 마지막에야 그들의 주목을 받았고, 또는 관심을 끌기 위해 '볼트는 공포를 느낄 때만 위험한 존재가 된다' 같은 말을 해야만 했다.

하지만 이번 임시대원은 볼트를 쳐다보지도 않았다. 그는 곧장 내게로 와서는 악수를 했다. "반갑습니다." 그가 내 손을 쥐고 세차게 흔들며 열정적으로 말했다. "저는 파커 박사라고 합니다. 여러분이 이끄는 탐사대의 새 일원이지요."

"저는 핀…."

"아, 알다마다요. 누구신지 너무 잘 알지요. 만나 뵙게 돼서 얼마나 영광인지 모릅니다, 핀드리디 박사님!"

남자는 내 손을 놓고선 카슨의 손을 붙잡았다. "아직 귀환하지 않으셨다고 C.J.가 말해주었어요. 도저히 가만히 앉아서 뵐 때까지 기다리고만 있을 수가 없더라고요." 그가 카슨의 손을 위아래로 흔들며 말했다. "핀드리디와 카슨! 저명하신 행성 탐사대원 여러분! 박사님과 지금 이렇게 악수하고 있다니 믿기지 않습니다, 카슨 박사님!"

"믿기 힘든 건 저 역시 마찬가지네요." 카슨이 말했다.

"성함이 뭐라고 하셨죠?" 내가 물었다.

"파커입니다." 남자가 다시 내 손을 붙잡고 마구 흔들었다. "핀드리디 박사님, 저는 박사님이 쓰신 모든…."

"그냥 핀이라고 불러주세요." 내가 말했다. "그리고 이쪽은 카슨이라고 부르시면 됩니다. 이 행성에 인간이라곤 박사님을 포함해 네 명밖에 없는데 굳이 거창하게 직함까지 부를 필요가 있을까요? 저희가 뭐라고 불러드리면 될까요?" 하지만 남자는 이미 내 손을 놓고 카슨을 지나쳐 걸어가고 있었다.

"저게 그 '벽'입니까?" 남자가 지평선 위로 볼록 튀어나온 곳을 가리키며 말했다.

"아니요." 내가 말했다. "저건 '세 개의 달 메사'⁴입니다. 벽은 '혀' 반대편 20킬로미터 떨어진 곳에 있습니다."

"탐사 중에 벽을 볼 수 있을까요?"

"물론이죠. 미탐사 지역으로 들어가려면 벽을 넘어가야 하거든요." 내가 말했다.

"정말 잘됐어요. 한시라도 빨리 벽과 은빛나무들을 보고 싶거든요." 그리고 남자는 카슨의 부츠를 내려다보며 말했다. "카슨이 발을 잃었던 그 절벽도요."

"어떻게 그걸 다 아시죠?" 내가 물었다.

남자가 놀란 표정으로 앞뒤를 두리번거리며 말했다. "어떻게 아냐니요? 카슨과 핀드리디를 모르는 사람은 아무도 없어요! 여러분은 유명해요! 핀드리디 박사님, 박사님은…."

"핀이라고 불러주세요." 내가 말했다. "이름이 어떻게 되시죠? 저희가 뭐라고 부를까요?"

---

4 메사는 꼭대기가 평탄하고 주위가 급사면을 이루는 탁자 모양의 대지를 가리킨다. 부우테 행성에는 세 개의 달이 있다.

"이블린입니다." 남자가 카슨과 나를 차례대로 쳐다보며 말했다. "영국식 이름이에요. 어머니께서 영국 태생이시거든요. 그래서 '에벌린'이 아니라 '이블린'이라고 부르죠."

"외계 동물학자이신가요?"

"외계 사회동물학자입니다. 전공은 성(sex)이고요."

"그렇다면 저희 팀 상주 전문가인 C.J.를 만나셔야겠네요." 내가 말했다.

이블린의 뺨이 분홍빛으로 발그레해졌다. "벌써 만났습니다."

"자기 이름이 뭔지 말 안 해주던가요?" 내가 물었다.

"이름이요?" 이블린이 멍하니 되물었다.

"C.J.가 무엇의 약자인지 말입니다." 그리고 나는 카슨을 보며 말했다. "실수로 깜빡했나 봐."

카슨은 내 말은 무시한 채 로버로 향하는 불트를 보며 이블린에게 말했다. "성 전문가시니 불트의 성별이 뭔지도 알려주실 수 있겠군요."

"부우테족은 성별이 두 개뿐인 종이라고 알고 있습니다." 이블린이 말했다.

"맞아요." 카슨이 말했다. "누가 여자고 누가 남자인지 알 수 없을 뿐이죠."

"생식 기관이 모두 내부에 있거든요." 내가 말했다. "그러니까 C.J.와는 달리…."

"C.J. 말이 나와서 말인데, 저녁 준비는 해뒀던가요?" 카슨이 물었다. "뭐 그렇다고 달라질 건 없겠지만. 보아하니 이 속도라면 내일 아침까지도 여기 있게 생겼군요."

이블린이 당황한 표정으로 말했다. "아, 당연히 서둘러 본부로 귀환하고 싶으시겠죠. 붙잡아둘 생각은 없었습니다. 그저, 실제로 뵙게 되니 너무나 기뻤어요!" 그리고 로버를 향해 걸어갔다. 로버의 앞바퀴 위로 불트가 구부정하게 몸을 숙이고 서 있었다.

이블린이 나타나자 불트가 다리 관절 세 개를 펴고 말했다. "토착 동물의 피해, 75달러."

"제가 뭘 잘못했나요?" 이블린이 내게 물었다.

"이런 곳에서는 잘못을 안 저지르기가 더 어렵죠." 내가 말했다. "불트, 로드킬을 치었다고 이블린한테 벌금을 물릴 수는 없어."

"치었다고요?" 이블린이 로버로 뛰어 들어가 로드킬에서 후진한 뒤 다시 뛰어내렸다. "저는 못 봤어요!" 이블린이 납작해진 갈색 몸뚱이를 힐끗 보며 말했다. "죽일 생각은 없었어요! 정말로 저는…."

"로드킬 위에 로버를 세웠다고 해서 이 녀석을 죽일 수는 없어요." 내가 발가락으로 로드킬을 쿡쿡 찌르며 말했다. "깨울 수도 없고요."

불트가 이블린이 방금 만든 타이어 자국을 가리켰다. "지표면 교란, 25달러."

"불트, 이블린한테는 벌금을 물릴 수 없어. 탐사대원이 아니잖아." 내가 말했다.

"지표면 교란." 불트가 타이어 자국을 가리키며 말했다.

"로버를 몰고 오면 안 됐었나요?" 이블린이 걱정 어린 목소리로 말했다.

"당연히 몰고 오셨어야죠. 그래야 저희를 본부까지 데려다주실 수 있으니까요." 내가 이블린의 어깨를 툭 치고 로버의 문을 열며 말했다. "카슨, 내 조랑말 로버에 실어줘."

"너는 멋들어지게 로버를 타고 귀환하는데 나더러 조랑말들이랑 생고생을 하라고?" 카슨이 말했다. "내가 이블린이랑 로버 타고 갈 테니 조랑말들은 네가 데려와."

"모두 함께 로버를 타고 가는 건 어때요?" 이블린이 상기된 표정으로 말했다. "조랑말은 로버 뒤에 매두면 되잖아요."

"로버는 그렇게 느린 속도로 이동할 수 없습니다." 카슨이 중얼거렸다.

"넌 굳이 빨리 가야 할 이유도 없잖아, 카슨." 내가 말했다. "난 구매 주문서랑 관련 서류들을 확인해야 하고, 거기다 네가 분실한 쌍안경에 대한 보고서까지 작성해야 한다고." 나는 로버에 탄 뒤 자리에 앉았다.

"내가 분실했다고?" 카슨이 또다시 얼굴을 붉히며 말했다. "네 침낭 옆에…."

"탐사대원, 바퀴 달린 차량 탑승." 불트가 말했다.

우리가 고개를 돌려 불트를 보니, 불트는 조랑말 옆에 선 채로 로그에 대고 말하고 있었다. "지표면 교란."

나는 로버에서 내려 불트에게 다가갔다. "말했잖아. 탐사대원이 아닌 사람한테는 벌금을 매길 수 없다고."

불트가 나를 똑바로 보며 말했다. "선주민을 향한 부적절한 말투와 태도." 그리고 손가락 관절 몇 개를 펴 나를 가리키며 벌금을 계산하지 않을 때만 사용하는, 사람을 미치게 만드는 그 피진어[5]로 말했다. "너 대원. 카슨 대원. 오케?"

불트가 전달하고자 하는 메시지는 분명했다. 카슨과 나 둘 중 누구라도 이블린과 함께 로버를 타고 귀환한다면 로버 탑승에 대해 벌금을 물릴 수 있다는 의미였다. 앞으로 있을 여섯 번의 탐사로 받을 급여 전부를 뱉어내야 할 정도의 액수였다. 더해서 빅브라더가 우리를 곤란하게 만들 것도 뻔했다.

"너, 탐사, 오케?" 불트가 자기 조랑말의 고삐를 내게 주며 말했다.

"그래, 오케이." 내가 고삐를 건네받으며 말했다.

불트는 조랑말의 안장뼈 위에 놓여 있던 로그를 집어 들고 로버에 올라탄 뒤 몸을 접어 앉은 자세를 취했다. 그리고 이블린에게 말했다. "우리, 간다."

이블린이 의아하다는 표정으로 나를 보았다.

"여기 있는 불트가 당신과 함께 로버를 타고 귀환할 겁니다." 내가 말했다. "저희는 조랑말들을 데리고 갈게요."

"함께 나란히 가려고도 하지 않는데 세 녀석을 어떻게 다 데려가겠다는 거야?" 카슨이 말했다.

나는 카슨의 말을 무시했다. "킹스 X에서 만나요." 그리고 로버의 옆면을 찰싹 때렸다.

---

5 서로 다른 언어를 사용하는 사람들이 협업을 위해 만들어낸 단순한 언어

불트가 "간다, 빨리"라고 하자, 이블린은 로버의 시동을 걸고 손을 흔든 뒤 우리를 먼지구름 속에 남겨둔 채 그곳을 떠났다.

"아무래도 임시대원들에 대한 네 생각이 맞는 거 같아, 핀." 카슨이 기침을 하고 모자를 다리에 툭툭 치면서 말했다. "골칫덩어리밖에 안 돼. 그중 최악은 남자들이지. C.J.가 눈독을 들인다면 특히나 더. 이제 탐사 절반 동안은 이블린이 C.J. 이야기하는 걸 들어줘야 하고, 나머지 절반 동안엔 눈에 보이는 협곡마다 크리사 협곡이라고 부르려는 걸 막아야 할 걸."

"그럴지도 모르지." 나는 로버가 일으킨 먼지를 가는눈으로 보며 말했다. 로버는 오른쪽으로 방향을 트는 듯 보였다. "C.J.는 이블린이 오늘 아침에 도착했다고 했어."

"거의 하루 종일 이블린을 설득할 수 있었다는 말이네." 카슨이 불트의 조랑말의 고삐를 쥐며 말했다. 조랑말이 멈칫하더니 땅에 발굽을 박았다. "우리가 이 조랑말들을 데리고 귀환하기까지 이블린의 마음을 사로잡을 시간이 적어도 두 시간은 더 있을 테고."

"그럴지도 모르지." 내가 여전히 먼지를 지켜보며 말했다. "하지만 이블린처럼 말쑥하니 생긴 남자라면 굳이 애쓰지 않아도 얼마든지 자기가 원하는 여자랑 잘 수 있어. 그런데도 C.J.랑 킹스 X에 있는 대신 우리를 만나러 여기까지 달려왔잖아. 어쩌면 보기보다 똑똑할지도 몰라."

"넌 불트를 처음 봤을 때도 똑같은 말을 했어." 카슨이 불트의 조랑말의 고삐를 잡아당기며 말했다. 조랑말은 힘주어 뒷걸음질쳤다.

"그리고 내 말이 맞았잖아, 안 그래?" 나는 카슨을 도우러 다가가며 말했다. "이블린이 멍청하다면 지금쯤 조랑말들이랑 여기에 있겠지. 우린 킹스 X까지 절반은 갔을 테고." 나는 고삐를 건네받았고 카슨은 조랑말을 밀려고 뒤쪽으로 돌아갔다.

"그럴 수도 있지." 카슨이 말했다. "당연히 우릴 만나고 싶지 않겠어? 어쨌든 우린 행성 탐사대원들이잖아. 유명하다고!"

나는 잡아당기고 카슨은 밀었다. 그러나 조랑말은 그 자리에서 꿈쩍도 하지 않았다. "움직여, 이 돌대가리야!" 카슨이 조랑말의 엉덩이를 앞으로 밀며 고함을 질렀다. "우리가 누군지 몰라?"

조랑말은 꼬리를 들더니 똥을 한 무더기 쏟아냈다.

"이런 똥 덩어리!" 카슨이 소리쳤다.

"이블린이 지금 이 꼴을 보았어야 했는데. 아쉽군." 나는 고삐를 어깨에 걸친 뒤 조랑말을 힘껏 끌어당겼다. "핀드리디와 카슨, 저명하신 탐사대원들!"

저 멀리 산등성이 오른쪽으로 먼지구름이 사라졌다.

★ 킹스 X

킹스 X까지 가는 데 네 시간이나 걸렸다. 불트의 조랑말이 두 번이나 쓰러져서는 좀처럼 일어나려 들지 않았기 때문이다. 킹스 X에 도착하자마자 마구간에서 우리를 기다리던 이블린은 언제 다시 탐사를 떠날 것인지 물었고, 카슨은 부적절한 말투와 태도로 대답했다.

"물론 이제 막 돌아오셨으니 보고서며 뭐며 처리하실 일이 많은 건 압니다." 이블린이 말했다.

"밥도 먹어야 하고, 잠도 자야 하고…." 카슨은 중얼거리며 자기 조랑말 주위를 절뚝절뚝 맴돌았다. "처치해야 할 정찰대원도 있고."

"그저 부우테를 정말 보게 되니 너무너무 신이 나서 그렇습니다." 이블린이 말했다. "아직도 믿기지가 않아요. 제가 진짜로 여

기에 있다니, 여러분과 이렇게 이야기를 나누고 있다니….″

"암요, 잘 압니다." 내가 컴퓨터를 내리며 말했다. "핀드리디와 카슨, 그 유명하신 탐사대원들."

"불트는 어디 있죠?" 카슨이 조랑말 안장뼈에서 카메라를 풀며 물었다. "자기 조랑말에서 짐은 안 내리고 도대체 어디 있는지."

이블린이 카슨에게 불트의 로그를 건네주었다. "귀환 중에 부과된 벌금이라며 전해달라고 했어요."

"불트는 저희랑 같이 귀환하지 않았잖아요." 카슨이 로그를 노려보며 말했다. "이게 다 뭐죠? '토착 식물 파괴.' '모래 지형 훼손.' '대기 오염.'"

내가 카슨에게서 로그를 빼앗았다. "킹스 X로 올 때 불트가 경로를 안내했나요?"

"네. 제가 뭘 잘못 했나요?" 이블린이 물었다.

"잘못?" 카슨이 씩씩거렸다. "잘못 했냐고요?"

"흥분하지 마." 내가 말했다. "이블린이 탐사대원이 되기 전에는 벌금을 물릴 수 없어."

"하지만 이해가 되지 않아요." 이블린이 말했다. "무슨 잘못을 했다는 거죠? 전 단지 로버를 운전했을…."

"먼지를 일으키고, 바퀴 자국을 남기고, 배기가스를 분출하고…." 카슨이 말했다.

"바퀴 달린 차량은 국유지를 벗어나 운행하면 안 돼요." 내가 어리둥절한 표정으로 서 있는 이블린에게 설명했다.

"그럼 어떻게 돌아다니나요?" 그가 물었다.

"안 돌아다녀요." 카슨이 또다시 쓰러질 태세로 서 있는 불트의 조랑말을 뚫어져라 보며 말했다. "설명해드려, 핀."

나는 너무나 지쳐서 아무 설명도 하고 싶지 않았고, 빅브라더의 행성 탐사에 관한 개념에 대해서는 더더욱 아무 말도 하고 싶지 않았다. "난 불트랑 이 문제를 해결하러 갈 테니 벌금에 대한 설명은 네가 해드려." 나는 그렇게 말하고 그곳을 벗어나 게이트 구역으로 갔다.

내 로그에 따르면 죄책감에 휩싸여 있는 정부 아래서 일하는 것보다 끔찍한 건 없다. 우리가 이곳 부우테에서 하는 건 행성 탐사에 불과했지만, 빅브라더는 '다른 행성을 침략하는 무자비한 제국주의자'라고 비난받는 것도, 자신들이 미국을 식민지화할 때처럼 선주민들을 잔인하게 짓밟는다는 비난을 받게 되는 것도 원치 않았다.

그래서 그들은 '행성 생태계를 보존하고'(댐을 건설하거나 토착 동물을 죽일 수 없다는 의미였다) '기술 오염으로부터 선주민 문화를 보호하기 위해'(그들에게 술과 총을 주어서는 안 된다는 의미였다) 온갖 규칙들을 만들었고, 규칙을 위반하면 무거운 벌금을 물게 했다.

바로 거기서 빅브라더는 첫 번째 실수를 하게 된다. 벌금을 선주민들에게 내도록 한 것이다. 불트와 그의 종족은 그 좋은 기회를 놓치지 않았고, 머지않아 우리는 발자국을 남겼다는 이유만으로도 벌금을 내게 되었다. 그리고 불트는 벌금을 징수한 돈으로 기술 오염 물질들을 마구 사들였다.

볼트가 게이트 구역에 있을 거라는 나의 예상은 들어맞았다. 내가 문을 열었을 때, 볼트는 자기가 사들인 물건들에 두 번째 무릎 관절까지 잠긴 채 우산이 든 상자를 억지로 열고 있었다.

"볼트, 로버 때문에 발생한 일에 대해 우리한테 벌금을 물려선 안 돼." 내가 말했다.

볼트가 우산 하나를 꺼내 찬찬히 보았다. 접이식 우산이었다. 볼트가 우산을 앞으로 든 뒤 버튼을 누르자 우산이 활짝 펼쳐졌고 덮개 가장자리가 불빛으로 반짝거렸다. "지표면 교란." 볼트가 말했다.

나는 볼트의 로그를 들이밀며 말했다. "규정 알잖아. '탐사대는 정식 탐사대원이 아닌 사람이 저지른 위반 사항에 대해서는 책임지지 않는다.'"

볼트는 여전히 우산에 있는 버튼들을 껐다 켰다 하는 중이었다. 불이 꺼졌다. "볼트, 대원." 우산이 접혔다 펴지면서 하마터면 내 복부를 찌를 뻔했다.

"조심해!" 내가 펄쩍 뛰며 뒤로 물러났다. "너한테는 벌금을 물릴 수도 없잖아, 볼트."

볼트는 우산을 내려놓고 이번에는 주사위가 들어 있는 큰 상자를 열었다. 카슨이 좋아할 만한 것이었다. 나를 힐난하는 것 다음으로 카슨이 가장 좋아하는 취미가 주사위로 하는 노름이었으니까.

"선주민한테는 벌금을 물릴 수가 없다고!" 내가 소리쳤다.

"부적절한 말투와 태도." 볼트가 말했다.

볼트와 입씨름하기에는 너무나 피곤했고, 보고서도 처리하고 울프마이어의 위치도 파악해야 했기에, 나는 샤워 커튼 상자를 여는 볼트를 뒤로하고 식당으로 향했다.

나는 문을 열고 큰 소리로 말했다. "자기야, 나 왔어."

"어서 와!" C.J.가 노래하듯 명랑한 목소리로 주방에서 인사했다. 그건 좀 뜻밖이었다. "탐사는 어땠어?"

C.J.가 미소를 짓고 수건에 손을 닦으며 문가에 나타났다. 단장을 모두 마친 채였다. 얼굴은 깨끗했고 머리는 단정했으며 단추를 풀어 헤친 셔츠가 북위 30도 아래까지 열려 있었다. "저녁 준비 거의 다 됐어." C.J.가 밝은 목소리로 말하다 말고 주위를 둘러보았다. "이블린은 어디 있어?"

"마구간에 있어." 내가 배낭을 의자 위에 던져 놓으며 말했다. "행성 탐사대원이신 카슨 박사님이랑 이야기하는 중이야. 우리가 유명하다는 거, 자긴 알고 있었어?"

"지저분하기 짝이 없네." C.J.가 말했다. "게다가 식사 시간에 늦다니. 대체 왜 이렇게 오래 걸린 거야? 음식이 다 식었잖아. 두 시간 전에 준비해뒀다고." C.J.는 내 배낭을 손가락으로 쿡 찌르며 말했다. "이 더러운 배낭 좀 의자에서 치워. 먼지 폭풍 참기도 힘든 판에, 너희 둘이 끌고 들어온 이 더러운 것들까지 참아내야 해?"

나는 의자에 앉아 두 다리를 식탁 위에 올려놓았다. "그래서 오늘 하루는 어땠어, 자기? 진흙 웅덩이에 네 이름 붙였어? 임시대원이랑은 잘 돼가고?"

"하나도 안 웃겨. 이블린은 아주 괜찮은 젊은이야. 수백 킬로미터 안에 인간이라곤 아무도 없고, 어떤 위험이 도사리고 있는지도 모르는 행성에서 몇 주 동안씩 혼자 지내는 게 어떤 건지 이해하는 사람이라고."

"위험이라. 예를 들면 그 셔츠를 잃어버린다든가, 뭐 그런 거?" 내가 말했다.

"지금 내 옷차림 가지고 트집 잡을 입장은 아닐 텐데." C.J.가 말했다. "마지막으로 옷 갈아입은 게 도대체 언제야? 뭘 하고 다니는 건데? 진흙탕에서 뒹굴기라도 했어? 그리고 그 부츠 식탁에서 내려놔. 더럽다고!" C.J.가 내 다리를 행주로 세게 쳤다.

불트랑 이야기하는 것만큼이나 재미없었다. 누군가로부터 호된 핀잔을 들어야 한다면 차라리 전문가한테 혼나는 편이 나을 거란 생각에 나는 의자에서 몸을 일으키며 물었다. "처리할 서류들은 있어?"

"정부의 문책을 말하는 거라면, 총 열여섯 개야. 컴퓨터에 있어." C.J.는 셔츠를 펄럭이며 주방으로 돌아갔다. "그리고 좀 씻어. 그런 꼴로 식탁에 오는 건 생각도 하지 마."

"알았어, 자기." 나는 그렇게 말하고 콘솔로 갔다. 그리고 탐사 보고서를 입력한 뒤 247-72구역에서 실시했던 지하 탐사 보고서를 살펴보고 서류들을 불러냈다.

여느 때와 마찬가지로 빅브라더가 애정을 듬뿍 담아 보낸 메시지에 따르면, 우리는 충분히 많은 구역을 조사하지 않았고, 이름을 명명한 토착 동물과 식물의 수도 충분치 않았으며, 내야 할 벌금은 너무 많았다.

탐사대원들이 사용하는 언어와 관련해, 해당 대원들은 정부를 언급할 때 경멸적인 용어 사용을 삼가야 하고, 특히 '빅브라더'라든가 '본국의 머저리들'과 같은 약어와 속어를 사용해서는 안 된다. 이러한 표현에는 존경심이 결여되어, 선주민 지성체와의 관계를 훼손하고 정부의 목표 달성에 방해가 될 수 있다. 따라서 탐사대원들은 적절하고 올바른 공식 명칭을 사용해 정부를 지칭해야 할 것이다.

이블린과 카슨이 들어왔다. "뭐 재밌는 거라도 있어?" 카슨이 내 어깨 위로 몸을 숙이며 물었다.
"우리 마이크 볼륨이 너무 높았나 봐." 내가 말했다.
카슨이 내 어깨를 툭 치며 말했다. "나는 가서 날씨를 확인한 다음 목욕을 해야겠어."
나는 여전히 화면을 보며 고개를 끄덕였다. 카슨이 떠나고 나는 서류들을 다시 훑어보다가 등 뒤를 돌아보았다. 이블린이 내 어깨 위로 몸을 숙이고 있었는데, 턱이 거의 어깨에 닿다시피 했다.
"봐도 될까요? 너무 흥미로워서…." 이블린이 말했다.
"암요, 어련하시겠어요." 내가 말했다. "빅브라더가 보낸 메모들을 읽는 것만큼 재미있는 게 또 어디 있겠어요? 아, 죄송합니다." 내가 화면을 가리키며 말했다. "저들을 빅브라더라고 부르면 안 되는데. 적절하고 공식적인 명칭을 사용해야 하거든요.

제3제국[6]에서 보내온 메모들을 읽는 거야말로 최고로 흥미로운 일이죠."

이블린이 씩 웃었다. '거봐. 보기보다 똑똑하다니까', 나는 생각했다.

"핀." C.J.가 식당 문가에서 나를 불렀다. 아까보다 셔츠를 더 풀어 헤친 채였다. "이블린을 잠깐 빌려도 돼?"

"당연하지, 크리사 제인." 내가 말했다.

C.J.가 나를 노려보았다.

"C.J.는 크리사 제인의 약자예요." 내가 이블린에게 말했다. "크리사 제인 툴. 탐사를 떠나게 되면 그 이름을 기억해두셔야 할 거예요."

C.J.가 짜증 섞인 목소리로 "핀!" 하고 톡 쏘아붙인 뒤, 다정한 목소리로 이어 말했다. "이블린, 저녁 준비하는 거 도와주실래요?"

"그럼요." 이블린이 쏜살같이 그녀를 따라 주방으로 들어갔다. 흠, 그렇게까지 똑똑한 녀석은 아닌가 보다.

나는 다시 서류들로 돌아갔다. 정부가 지적한 바에 따르면, 우린 '선주민들의 문화 보전에 적절한 존경과 존중을 보이지 않았고'(그게 무슨 의미인지 도통 이해가 안 됐다), 158차 탐사에 대한 광물 보고서 부록 12-2를 작성하지 않았으며, 162차 탐사에서

---

6 나치 독일을 가리키는 표현으로 1933년부터 1945년까지 히틀러와 나치당이 통치하던 독일을 뜻한다.

는 248-76구역과 246-73구역에 미탐사 상태로 남겨진 지역이 두 곳이나 있었다.

246-73구역에서 빠트린 곳이 어디인지는 알겠지만, 다른 한 곳이 어디인지는 알 수 없었고, 그곳이 아직도 미탐사 상태인지 또한 의심스러웠다. 그 바로 전 탐사에서 같은 지역을 여러 차례 조사했었기 때문이다.

나는 지형도를 불러내 차트 오버레이[7]를 요청했다. 이번만큼은 빅브라더, 아니 존경하는 시장님의 지적이 옳았다. 지도에 두 개의 구멍이 있었다.

카슨이 수건과 깨끗한 양말 한 켤레를 들고 들어왔다. "우리 아직 안 잘려어?"

"곧 잘릴 판이야." 내가 말했다. "날씨는 어떤 것 같아?"

"다음 주 초에 포니파일 산맥에 비가 내리는 거 빼곤 별거 없어. 먼지 폭풍도 없고. 우리가 목표하는 지점까지 갈 수 있을 것 같아."

"탐사 완료 지역은 어때? 248-76구역 근처는?"

"마찬가지로 맑고 건조해. 왜?" 카슨이 다가와 화면을 보았다. "뭐 좀 찾았어?"

"아직은 잘 모르겠어." 내가 말했다. "아마 별일 아닐 거야. 가서 씻어."

카슨은 변소를 향해 떠났다. 248-76구역이라…. 그곳은 혀

---

[7] 기본 지도 위에 겹쳐서 추가 정보를 표시해 지도를 업데이트하는 작업

반대편에 있었고, 내 기억이 맞는다면 은빛 협곡과 가까웠다. 나는 잠시 눈살을 찌푸리며 화면을 보다가 181차 탐사 로그를 요청해 빠르게 훑어보았다.

"지난번에 다녀오셨던 탐사 로그인가요?" 나는 깜짝 놀라 움찔하며 돌아보았다가 또다시 내 어깨 위로 몸을 숙이고 있는 이블린을 발견했다.

"주방에서 C.J.를 돕고 계신 줄 알았는데요." 내가 로그를 끄며 말했다.

이블린이 활짝 웃으며 말했다. "주방 안이 너무 더워서요. 탐사 로그를 NASA로 전송하는 중이셨어요?"

나는 고개를 저었다. "로그는 실시간으로 전송됩니다. 곧장 C.J.에게 전달하면 C.J.가 게이트를 통해 내보내죠. 탐사 보고서를 마무리하던 중이었어요."

"모든 보고서를 박사님이 보내시나요?"

"아니요. 카슨이 지형도와 동식물 목록을 보내고, 저는 지질도와 회계 보고서를 보냅니다." 나는 이블린에게 볼트가 물린 벌금의 총액이 얼마인지 물었다.

이블린은 불편한 기색을 감추지 못했다. "로버를 운전해서 죄송해요. 토착 교통수단이 아닌 로버를 운전하는 게 규정 위반인 줄 몰랐습니다. 첫날부터 두 분을 곤경에 빠트릴 생각은 결단코 없었어요."

"걱정하지 마십시오. 이번 탐사에서 받은 급여가 아직 남아 있어요. 지난 두 번의 탐사에서 받은 돈보다도 많죠. 진짜 문제는 동물을 죽인다거나 어떤 사람의 이름을 따서 무언가에 이름을 붙일 때 생깁니다." 내가 이블린을 빤히 쳐다보며 말했지만, 그는 딱히 죄책감을 느끼는 것 같지 않았다. C.J.가 아직 그를 설득하지 못한 게 분명했다.

"어찌 됐든 문제 상황에는 익숙하니 괜찮아요."

"알지요." 이블린이 진심을 담아 말했다. "박사님이 떼로 몰려드는 동물들에 갇혀 거의 밟혀 죽을 뻔했는데 카슨 박사님이 구조해주셨을 때처럼요."

"그걸 어떻게 아시죠?" 내가 물었다.

"말씀이라고 하십니까? 박사님은…."

"유명하죠. 그래요." 내가 말했다. "그렇지만 어떻게…."

"이블린." C.J.가 불렀다. 음절 하나하나에서 꿀이 뚝뚝 떨어지는 목소리였다. "식탁 차리는 거 도와주실 수 있어요?" 이블린은 다시 자리를 떴다.

나는 다시 181차 탐사 로그를 불러냈다가 마음을 바꿔 울프마이어의 위치를 물었다. 248-76구역에 있을 때 두 번이나 그의 위치를 확인했는데 두 번 다 스타팅게이트에 있었다. 그건 아무것도 증명하지 못했다. 나는 울프마이어의 신원 확인을 요청했다.

"나, 필요하다, 컴퓨터." 불트가 말했다.

내가 올려보니 불트가 컴퓨터 옆에 서서 우산으로 나를 가리키고 있었다.

"나도 컴퓨터 필요해." 내가 말하자 불트가 자기 로그를 향해 손을 뻗었다. "게다가 곧 저녁 식사 시간이란 말이야."

"나, 필요하다, 음식." 불트는 내 뒤로 돌아가서 화면을 보려 했다. "강압적 재산 압수."

"강압적 재산 압수, 맞아." 나는 총검 같은 불트의 우산에 찔리는 게 더 나을지, 또 벌금을 내는 게 더 나을지 고민하며 말했다. 이렇게 많은 사람들이 내 어깨 너머로 컴퓨터 화면을 들여다보고 있으니 내가 알아내야 할 걸 확인할 방도가 없었다. 그리고 저녁 식사가 차려졌다. 이블린이 주방 문을 어깨로 밀어 열고 고기 요리를 가지고 나왔다. 나는 메뉴판을 요청했다.

나는 일어서서 말했다. "자, 니만 마커스 백화점[8]이라 생각하고 마음껏 드시죠."

불트는 컴퓨터 앞에 앉았고 우산을 편 뒤 컴퓨터에 대고 말하기 시작했다. "원격 측정과 피사체 화질 향상 기능이 탑재된 디지털 스캔 편광 망원경 한 다스."

이블린이 불트를 빤히 쳐다보았다.

"하이 롤러 스페셜 슬롯머신[9] 하나." 불트가 덧붙여 말했다.

이블린이 접시를 들고 내게로 와 물었다. "불트가 우리 말을 할 줄 아나요?"

나는 고깃덩어리 하나를 집었다. "상황에 따라 다릅니다. 물건을 주문할 때는 우리 말을 쓰지만 우리랑 대화할 때는 거의 쓰

---

8 미국의 고급 백화점 체인
9 고액 베팅 전용 슬롯머신

지 않아요. 위성 조사를 협상할 때나 게이트를 설치해달라고 하면, '나, 모른다, 지구 말'이라고 하죠." 나는 고깃덩이 하나를 더 집어 들었다.

"당장 멈춰!" C.J.가 채소 요리를 내어오며 말했다. "핀, 무단 침입자도 아니고 매너가 그게 뭐야! 다 모일 때까지 기다릴 줄 알아야지!" 그리고 채소 요리를 식탁에 내려놓았다. "카슨! 저녁 준비 다 됐어!" C.J.는 소리쳐 카슨을 부른 뒤 주방으로 돌아갔다.

카슨이 수건에 손을 닦으며 들어왔다. 깨끗이 목욕을 마치고 콧수염도 단정히 깎았다. 카슨은 내게로 다가와 나지막이 물었다. "뭐 찾은 거 있어?"

"그렇다고 볼 수도."

이블린은 여전히 고기 요리가 든 접시를 손에 든 채 궁금하다는 표정으로 나를 보고 있었다.

"네가 잃어버린 쌍안경 때문에 300달러를 내야 한다는 걸 발견했지."

"내가 잃어버렸다고?" 카슨이 말했다. "잃어버린 사람은 너잖아. 내가 네 배낭 바로 옆에 놔뒀단 말이야. 도대체 어떻게 해서 300달러나 내야 하는데?"

"기술 오염의 가능성." 내가 말했다. "만약 선주민 손에 발견되기라도 하면 500달러를 물게 될 거야. 다 너 때문이지."

"나 때문이라고?" 카슨이 소리쳤다.

C.J.가 밥그릇을 들고 나타났다. 그녀는 아까보다 가슴 더 깊숙이 파인 셔츠로 갈아입었는데 가장자리가 볼트의 우산처럼 불

빛으로 반짝거렸다.

"돌아와 이블린을 만나려고 서두른 건 바로 너였어." 나는 식탁에서 의자를 끌어 뺀 뒤 자리에 앉았다.

카슨이 이블린의 손에서 접시를 낚아챘다. "500달러라니, 젠장!" 그리고 접시를 식탁 위에 놓았다. "나머지 벌금은 얼마야?"

"모르겠어. 아직 다 더해보지 않았어."

"그럼 그동안 너희 두 사람 뭐 하고 있었던 거야?" 카슨이 자리에 앉았다. "목욕을 안 한 건 분명하군."

"C.J.가 우리 두 사람 몫만큼 씻었으니까 괜찮아." 내가 말했다. "그 불빛은 뭐 하는 데 쓰는 거야?" 내가 C.J.에게 물었다.

카슨이 씩 웃었다. "활주로 착륙 신호등 같은 거지. 어디로 내려야 하는지 알려주는 불빛 말이야."

C.J.는 카슨의 말을 무시했다. "여기 내 옆에 앉아요, 이블린."

이블린이 C.J.의 의자를 꺼내주었고 그녀가 자리에 앉으며 몸을 숙이는 바람에 거기 있는 사람 모두가 C.J.의 활주로를 훤히 다 볼 수 있었다.

이블린은 그녀의 옆자리에 앉았다. "정말로 카슨과 핀드리디랑 저녁 식사를 함께하고 있다니 믿기지 않아요! 탐사 이야기를 해주세요. 많은 모험을 하셨겠죠?"

"글쎄요." 카슨이 말했다. "핀이 쌍안경을 잃어버렸죠."

"다음 탐사는 언제 떠나실지 정하셨습니까?" 이블린이 물었다.

카슨이 나를 힐끗 보았다.

"아직이요." 내가 말했다. "아마 며칠 안에 출발할 겁니다."

"아, 잘됐네." C.J.가 이블린 쪽으로 몸을 기울이며 흥얼거렸다. "서로에 대해 알아갈 시간이 아직 더 남아 있네요." 그녀는 이블린의 팔에 매달리며 말했다.

"더 빨리 떠날 수 있도록 제가 도울 일이 있을까요?" 이블린이 말했다. "조랑말에 짐을 싣는다든가, 뭐 그런 거요. 하루라도 빨리 떠나고 싶어 근질근질하네요."

C.J.가 짜증이 난다는 표정으로 이블린의 팔을 놓았다. "3주 동안 땅바닥에서 자면서 이 두 사람이 티격태격하는 소리를 듣겠다고요?"

"말이라고 하세요?" 이블린이 말했다. "카슨과 펀드리디랑 탐사를 떠날 기회를 잡으려고 무려 4년 전에 지원했다고요! 이 두 분과 함께 탐사대에서 일하는 건 어떤 기분인가요?"

"어떤 기분이냐고요?" C.J.가 우리를 노려보았다. "무례하고, 더럽고, 규칙이란 규칙은 다 위반하죠. 티격태격 언쟁하더라도 신경 쓰지 마세요. 원래 그런 사람들이니까." C.J.가 행운을 빈다는 의미로 두 손가락을 꼬며 말했다. "저 둘을 당해낼 자는 아무도 없어요."

"저도 이미 알아요." 이블린이 말했다. "팝업에서 봤는데 저분들이…."

"그 팝업이란 게 뭐죠?" 내가 물었다. "일종의 홀로그램인가요?"

"DHV예요." 이블린은 마치 그 용어가 모든 걸 설명해준다는 듯이 대답했다. "두 분과 불트에 관한 시리즈가 다 들어 있죠." 이블린은 말을 멈추고 고개를 돌려 우산을 쓴 채 컴퓨터 위에 몸을 웅크리고 있는 불트를 보았다. "불트는 같이 식사하지 않나요?"

"금지 사항이에요." 카슨이 고기 요리를 먹으며 말했다.

"문화 오염에 관한 규정 때문입니다." 내가 말했다. "불트더러 식탁에서 식사하고 은식기를 사용하라고 하는 건 제국주의적인 행위거든요. 지구 음식과 식사 예절로 불트를 타락시킬 수도 있으니까요."

"그럴 가능성은 희박해." C.J.가 카슨에게서 고기 요리를 빼앗으며 말했다. "당신 둘한테서 식사 예절이라고는 눈곱만큼도 찾아볼 수 없으니까."

카슨이 자기 접시에 감자 요리를 담으며 말했다. "그래서 우리가 식사하는 동안 불트는 컴퓨터 앞에 앉아 에스프레스용 데미타스 잔과 12인용 식기 세트를 주문하는 거죠. 빅브라더는 전혀 논리적이지가 않아요."

"빅브라더라고 하면 안 되지." 내가 카슨을 향해 손가락을 흔들어 보이며 말했다. "최근 정부 정책에 따르면 탐사대원들은 적절하고 공식적인 명칭으로 정부를 지칭해야 한다고."

"그러면 뭐, 머저리 주식회사?" 카슨이 말했다. "그리고 또 어떤 훌륭한 지시 사항들을 내렸는데?"

"더 많은 지역을 조사했으면 하더군. 그리고 우리가 명명한 이름 하나를 거부했어. 그린(Green) 협곡 말이야."

카슨이 접시에서 고개를 들었다. "그린 협곡이 뭐가 어때서?"

"세입 위원회에 이름이 그린인 상원 의원이 있대. 하지만 아무런 연결 고리를 발견하지 못해 벌금은 최소 금액만 물렸어."

"이름이 '힐(Hill)'인 사람도 있고 '리버(River)'인 사람도 있잖아." 카슨이 말했다. "그런 사람들이 위원회에 들어가게 되면 우린 뭘 어떻게 해야 하는데?"

"무언가에 사람의 이름을 붙일 수 없다는 건 말이 안 된다고 생각해." C.J.가 말했다. "안 그래요, 이블린?"

"안 되는 이유가 뭐죠?" 이블린이 물었다.

"그냥 규정이에요." 내가 말했다. "'지질학적 형태나 수로 등에 조사원이나 정부 관료나 역사적 인물 등의 이름을 붙이는 행위는 억압적인 식민주의 태도를 나타내며, 토착 문화 및 전통에 대한 존중이 결여되었다, 기타 등등, 기타 등등.' C.J., 고기 좀 건네줘."

C.J.가 접시를 집어 든 채로 말했다. "억압이라니! 말도 안 돼. 우리 이름을 붙이면 왜 안 되는데? 이 끔찍한 행성에 갇혀 지도에도 없는 땅에서 몇 달씩이나 혼자 있는데. 무슨 위험이 도사리고 있을지 누가 알아. 뭔가 보상을 받아야 해."

카슨과 나는 그 말을 골백번도 넘게 들었다. 예전에 C.J.는 우리를 설득하려 애썼지만, 임시대원들이 자기 말에 훨씬 더 귀를 기울여준다는 걸 안 다음부터는 그들을 설득하려고 들었다.

"부우테에는 수백 개가 넘는 산과 강이 있어. 그중 단 하나에도 누군가의 이름을 붙일 수 없다고는 하지 마. 방법이 있을 거야. 정부는 눈치도 못 챌 거라고."

그 점에 있어서 C.J.는 틀렸다. 나으리들께서는 이름 하나하나를 다 확인하신다. 그리고 벌레 한 마리에라도 몰래 C.J.의 이름을 붙였다가는 우린 부우테에서 추방될 거다.

"네 이름을 따서 명명할 방법이 하나 있기는 하지." 카슨이 말했다. "관심 있다고 진즉 말하지 그랬어."

C.J.가 미간을 좁혔다. "어떻게?"

카슨이 말했다. "스튜어트 기억나?" 그리고 이블린에게 설명했다. "부우테에서 처음으로 함께한 정찰대원이었어요. 그런데 홍수로 갑자기 불어난 물에 휩쓸려 언덕에 처박혀버렸죠. 사람들은 그곳을 스튜어트 언덕이라고 이름 지었어요. 그를 기리기 위해서요. 그러니 내일 헬기를 타고 나가 당신의 이름을 붙이고 싶은 곳을 목표로 삼은 뒤…."

"하나도 안 웃겨." C.J.가 말했다. 그리고 이블린을 향해 말했다. "난 지금 진지하다고요. 이곳에 있었다는 흔적을 남기고 싶어 하는 게 자연스럽지 않아요? 떠난 뒤에도 잊히지 않게, 내가 한 일들을 기념할 만한 게 필요하지 않겠어요?"

"맙소사!" 카슨이 말했다. "그런 거라면 핀이랑 나야말로 무언가에 이름을 남겨야 할 사람들이라고! 어떻게 생각해, 핀? 네 이름을 어디에 붙여줄까?"

"그래서 뭐 하게? 내가 원하는 건 고기뿐이야!" 나는 두 손을 뻗어 고기 요리를 잡으려고 했지만, 모두의 관심은 딴 데 있었다.

"핀드리디 호수, 핀 메사." 카슨이 말했다.

"핀드리디 늪." C.J.가 말했다. 지금 화제를 바꾸지 않으면 고기 요리는 먹지도 못할 성싶었다. "그런데 이블린, 외계-성-동물학자라고 하셨죠?"

"외계-사회-성-동물학자입니다." 그가 말했다. "외계 종의 본능적인 짝짓기 행동을 연구하지요. 구애 의식과 성 행동요."

"그렇다면 정확한 장소에 제대로 오신 겁니다." 카슨이 말했다. "C.J.야말로…."

C.J.가 카슨의 말을 끊었다. "연구하신 것 중 흥미로운 종이 있으면 이야기해주세요."

"글쎄요, 사실 모두가 다 흥미롭습니다. 동물들의 행동은 대부분 본능적이고 태생적이지만 번식 행동은 정말로 복잡해요. 일부는 타고난 본능이고 일부는 생존 전략인데, 그 둘의 조합이 다양한 변수를 만들어내거든요. 오티얄 행성에 사는 화산 도마뱀은 활화산의 분화구 속에서 짝짓기를 하고, 지구의 바우어새는 자기 몸집보다 50배나 큰 집을 정교하게 지은 뒤 난초와 산딸기로 장식해 암컷을 유혹한답니다."

"대단한 둥지군요." 내가 말했다.

"아, 그건 둥지가 아닙니다." 이블린이 설명했다. "둥지는 집 앞쪽에 따로 만드는데 꽤 평범해요. 집은 단지 구애 의식용이죠. 지성체들의 구애 의식은 훨씬 더 흥미롭습니다. 잉키체족 남자들은 여자를 감동시키려고 자기 발가락을 자릅니다. 예보 행성에 사는 토착 지성체인 오판티족의 구애 의식은 6개월이나 걸리죠. 오판티족 여자들은 일련의 어려운 임무들을 부여한 뒤 그걸 수행해내는 남성에게만 짝짓기를 허락합니다."

"C.J.랑 똑같네요." 내가 말했다. "오판티 남자들이 여자를 위해 해야 하는 임무란 어떤 것이죠? 강에 이름을 붙여주는 건가요?"

"임무는 다양하지만, 보통 존경의 표시와 용기와 힘의 증거를 보여주는 임무들입니다."

"도대체 왜 항상 남자들만 온갖 구애 행위를 해야 하죠?" 카슨이 말했다. "왜 사탕과 꽃을 주고 강인함을 증명하고 집을 지어야 하냐고요. 여자들은 가만히 앉아서 남자가 마음에 드나 안 드나만 생각하고 있을 동안에요."

"왜냐하면 수컷들은 짝짓기에만 신경을 쓰기 때문입니다." 이블린이 말했다. "암컷은 자손이 생존할 수 있는 최적의 조건을 보장하는 일에 신경을 쓰는 반면에 말이죠. 다시 말해 암컷에게는 강하거나 똑똑한 수컷이 필요합니다. 그렇다고 구애의 전 과정을 수컷만 수행하는 건 아니에요. 암컷은 수컷의 구애에 반응하는 신호를 보내 용기를 북돋고 수컷을 유혹하지요."

"활주로 불빛처럼요?" 내가 말했다.

C.J.가 나를 노려보았다.

"그러한 신호가 없으면 구애 의식은 끝이 나고 성사되지 못해요." 이블린이 말했다.

"마음에 잘 새겨둬야겠군요." 카슨이 말했다. 그는 두 손으로 식탁을 짚고 자리에서 일어났다. "핀, 이틀 안에 출발하려면 지도를 잘 보아둬야 해. 나는 가서 새 지형도를 가져올게." 그리고 그는 식당 밖으로 나갔다.

C.J.는 식탁을 치웠고, 나는 볼트를 컴퓨터 앞에서 쫓아내고 지도를 연 뒤, 지형도에 있는 빈 구역 두 곳을 기존 데이터를 바탕으로 추정하여 외삽한 다음 식탁으로 돌아갔다.

이블린이 몸을 숙여 지도를 보았다. "이게 그 '벽'인가요?" 그가 '혀'를 가리키며 물었다.

"아니요. 이건 혀입니다. 저게 벽이에요." 나는 손을 홀로그램 가운데로 쑥 집어넣어 이블린에게 벽이 지나는 길을 보여주었다.

"이렇게 길 줄은 몰랐어요." 이블린이 놀라 말했다. 그리고 혀를 따라 포니파일 산맥으로 향하는 벽의 경로를 손가락으로 따라 짚었다. "어느 부분이 미탐사 지역이죠?"

"비어 있는 부분이요." 나는 지도에서 서쪽으로 넓게 펼쳐진 땅을 바라보며 말했다. 그에 비하면 탐사가 완료된 지역은 그 면적이 새 발의 피도 되지 않을 만큼 보잘것없었다.

카슨이 다시 들어와 우산을 들고 있는 불트를 불러냈고, 우리는 함께 탐사 경로를 상의했다.

"혀의 북쪽 지류들은 아직 하나도 지도에 넣지 못했어." 카슨이 라이트마커로 한 지역에 동그라미를 그리며 말했다. "벽을 건너려면 어디에서 건너는 게 좋을까, 불트?"

불트가 식탁 위로 몸을 숙여 손가락이 홀로그램 속으로 들어가지 않게 조심하며 뻣뻣한 몸짓으로 서로 다른 두 곳을 가리켰다.

나는 마커를 카슨에게서 빼앗았다. "이쪽 아래에서 건너면, 여길 가로질러서 검은모래 능선까지 올라갈 수 있어." 나는 불빛으로 248-76구역까지 비춘 뒤 구멍을 통과시켰다. "어떻게 생각해?"

불프가 관절이 있는 손가락을 식탁 위에 높이 든 채로 벽에 난 또 다른 틈을 가리켰다. "더 빠르다, 길."

나는 식탁을 가로질러 카슨을 보았다. "네 생각은 어때?"

카슨이 천천히 나를 마주 보았다.

"은빛 이파리가 난 그 나무들을 볼 수 있을까요?" 이블린이 물었다.

"어쩌면요." 카슨이 여전히 나를 보며 말했다. "내가 보기엔 양쪽 다 괜찮은 거 같아." 그가 불트에게 말했다. "어느 쪽으로 가는 편이 더 좋은지 보려면 날씨를 확인해야겠어. 이 아래쪽엔 비가 엄청나게 내리는 것 같거든." 카슨이 불트가 제안한 경로를 손가락으로 쿡 짚으며 말했다. "지형 분석도 해야 할 거야. 핀, 네가 해줄래?"

"당연히 해주지." 내가 말했다.

"나는 가서 날씨를 확인할게. 이블린을 위해 은빛나무 숲을 통과하는 경로로 갈 수 있는지 보게."

카슨이 나가자 이블린이 내게 물었다. "지형 분석하시는 걸 지켜봐도 괜찮을까요?"

"물론입니다." 나는 그렇게 말하고 컴퓨터로 갔다.

불트가 또다시 컴퓨터를 차지하고 있었다. 불트는 우산 아래 웅크리고 앉아 룰렛 휠을 사는 중이었다.

"어느 길이 가장 편한 길인지 알아내야 하니까 쇼핑은 내가 일을 끝내면 그때 해." 내가 말했다.

불트가 로그를 꺼냈다. "차별적 관행."

새로운 쇼핑 목록이었다. "이것들은 다 뭐야, 불트?" 내가 말했다. "지금 벌금 모아서 사려는 게…." 나는 하마터면 '카지노'라고 말할 뻔했지만, 불트에게 '카지노'라는 개념을 심어줄 수는 없었다. "무슨 큰 걸 사려는 거야?" 나는 급히 말을 마무리했다.

불트가 다시 로그로 손을 뻗었다.

"난 컴퓨터가 필요해. 오늘 로버 때문에 발생된 벌금을 입력해야 한다고. 너도 내가 그러길 원하잖아." 내가 말했다.

불트가 머뭇거렸다. '선주민 정찰대원을 매수하려는 시도'로 물릴 벌금이 더 클지, 로버 문제로 물릴 벌금이 더 클지 고민하는 눈치였다. 그러더니 관절을 하나하나 펴 자리에서 일어나 내가 컴퓨터 앞에 앉도록 비켜주었다.

나는 화면을 노려보았다. 원하는 경로를 이미 아는 마당에 지형 분석은 의미가 없었다. 그렇다고 불트와 이블린이 곁에 있는 상황에 탐사 로그를 열어볼 수도 없는 노릇이었다. 나는 벌금을 계산하기 시작했다.

몇 분 뒤 C.J.가 들어와 이블린을 끌고 가서는, 언덕 하나를 'C.J. 산'이라 부른다 해도 빅브라더는 눈치도 못 챌 거라고 설득했다. 하지만 불트는 여전히 우산 끝으로 내 등을 겨누며 등 뒤에서 어슬렁거리고 있었다.

"가서 네가 산 우산이랑 샤워 커튼들을 풀어봐야 하지 않아?" 내가 말했다. 하지만 불트는 꿈쩍도 하지 않았다.

나는 C.J.를 포함해 모두가 잠자리에 들 때까지 기다렸다. C.J.는 몸매가 훤히 드러나는 잠옷을 입고 침대로 뛰어들었다가 다시 나와 이블린에게 마지막으로 한 번 더 잘 자라는 인사를 건넸다. 나는 그 뒤에야 비로소 로그를 열어볼 수 있었다.

나는 불트가 게이트 구역에서 자기가 구입한 물건들을 풀어 보고 있을 거라 예상했지만, 불트는 그곳에 없었다. 다시 말해 불트는 아직도 뭔가를 먹고 있고, 내가 컴퓨터를 온전히 혼자 쓸 수 있는 시간은 갖지 못할 거라는 의미였다. 하지만 불트는 식당에도 없었다.

나는 주방을 확인한 뒤 마구간으로 가는 도중에 산등성이 근처에서 반원 모양으로 늘어선 불빛들을 발견했다. 불트가 그곳에서 무얼 하고 있는지는 확실치 않았다. 어쩌면 러기지한테서 벌금을 받아내고 있는지도 몰랐다. 하지만 적어도 컴퓨터를 독차지하고 있지는 않았다.

나는 한참을 더 걸어 나가 거기에 불트의 우산뿐만이 아니라 불트도 있다는 걸 확인한 다음 다시 식당으로 돌아와 스타팅게이트에 울프마이어의 위치를 확인해달라고 요청했다. 확인서를 받긴 했지만, 아무 의미가 없었다. 불트가 가짜 신원 확인서를 판다면 우리한테서 벌어들이는 돈보다 더 많은 돈을 벌 수도 있기 때문이다.

나는 울프마이어의 위치를 추적해달라고 요청한 다음 나머지 무단침입자들의 위치도 확인했다. 밀러와 아베이타한테는 위치 추적 장치를 심어두었고, 쇼다마이어는 파웰호의 구금실에 있었다. 남은 건 카라지크와 레드폭스였다. 그들은 '팔'(Arm)에 있었다.

위치 추적 결과 울프마이어는 어제 오후까지 다질에 있었다. 나는 그 점에 대해 곰곰이 생각한 뒤 로그와 프레임별 좌표를 요청하고 의자에 기대어 그걸 지켜보았다.

내 생각이 맞았다. 248-76구역은 벽 옆에 있었고, 우리가 건넌 지점에서 대략 20킬로미터 아래쪽이었다. 무릎까지 오는 스코어브러시로 뒤덮인, 잿빛의 화성암[10] 언덕들이 있는 곳이었는데, 우리가 그 지역을 피해 온 건 아마 그래서였을 것이다.

나는 항공 사진을 요청했다. C.J.가 귀환하는 길에 248-76구역을 스쳐 지나갔기 때문이다. 나는 다른 사람은 볼 수 없게 비공개 설정을 한 뒤 시각 자료를 요청했다. 내가 기억하는 모습 그대로였다. 언덕과 스코어브러시, 로드킬 몇 마리. 시각 자료에 따르면 그곳은 미세한 결을 지닌 편암[11] 지역으로 그 지역 전체가 필로규산염 광물을 포함하고 있었다. 나는 그 이전 로그를 요청했다. 그 이전 탐사에서 우리는 248-76구역의 남쪽에 있었다. 언덕과 스코어브러시로 뒤덮여 있기는 그곳도 마찬가지였다.

우리가 부우테에서 발견한 편암에는 금이 없었고, 소금층의 흔적이나 배수 이상 현상도 없었기 때문에 배사[12]도 아니었다. 게다가 우리가 두 번이나 그 구역을 지나친 데에는 그럴 만한 이유가 있었다. 우리는 벽을 따라 이동하며 틈을 찾고 있었고, 246-73구역을 피하려고 애를 썼었다. 두 번 다 불트가 248-76구역을 일부러 피하는 것 같지는 않았다. 만일 불트가 그 구역을 피했다면 그건 아마 조랑말들이 가파르게 경사진 언덕을 올라가지 않으려고 뻗댔기 때문이었을 게다.

10 마그마가 냉각 및 응고되어 이루어진 암석을 통틀어 이르는 말
11 석영이나 운모 따위가 얇은 층을 이룬 변성암의 하나
12 습곡 작용을 받은 지층에서 산봉우리처럼 볼록하게 올라간 부분

다른 한편으로 생각해보자면 우리는 248-76구역을 두 차례나 그냥 지나쳤다. 그러니 그게 뭐가 됐든 그 언덕들에 숨겨놓을 수 있었다. 게이트를 포함해서.

나는 작업 기록을 지우고, 비공개 설정을 해제한 뒤 카슨과 이야기하기 위해 막사로 돌아갔다.

막사 문에 이블린이 기대어 서 있었다. 눈은 멍하니 풀려 있었고 온몸에서 나른한 기운이 흘러나오는 게, 혹시 C.J.가 감정을 주체 못 하고 벌써 그와 섹스를 한 게 아닌가 싶은 생각이 들 정도였다. 예전에 그녀는 임시대원과 먼저 잠자리를 가진 뒤 그 대가로 지형 이름 하나쯤 자기 이름으로 남기라고 상대에게 요구하곤 했었다. 하지만 그들 대부분은 까먹기 일쑤였고, 결국 C.J.는 순서를 바꾸는 게 더 효과적일 거라는 결론에 도달했다. 하지만 저녁 식사 때 이블린을 바라보던 C.J.의 눈빛을 떠올려보자면 두 사람이 섹스했을 가능성이 전혀 없는 건 아니었다.

"밖에서 뭐 하고 계세요?" 내가 물었다.

"잠이 오지 않아요." 이블린이 능선을 바라보며 말했다. "내가 정말로 여기 있다는 게 아직도 믿기지 않아요. 너무 아름다워요."

이블린의 말이 맞았다. 하늘에는 부우테의 세 달이 모두 다 떠 있었다. 탐험대처럼 일렬로 늘어선 세 개의 달은 능선을 자줏빛이 도는 푸른색으로 물들였다. 나도 반대쪽 문에 기대어 섰다.

"미탐사 지역으로 가는 건 어떤 기분인가요?" 이블린이 물었다.

"박사님이 연구하시는 짝짓기 습관이랑 비슷해요." 내가 말했다. "한편으로는 본능적이고 다른 한편으로는 생존 전략들인데

변수가 너무 많죠. 대체로 엄청난 양의 먼지와 삼각측량을 포함합니다." 나는 그가 내 말을 믿지 않으리라는 걸 알았지만 그래도 말했다. "게다가 조랑말 똥까지."

"빨리 떠나고 싶어요."

"그럼 어서 잠자리에 드세요." 하지만 그는 움직이지 않았다.

"수많은 종이 구애 의식을 달빛 아래서 행한다는 거 아세요?" 그가 말했다. "북아메리카 쏙독새와 안타레스 행성의 소개구리처럼요."

"십 대 애들도 그렇죠." 나는 하품을 했다. "빨리 자야 해요. 아침에 할 일이 아주 많다고요."

"잠들 수 있을 것 같지 않아요." 이블린은 여전히 바보처럼 멍한 표정으로 말했다. 어쩌면 그리 똑똑한 사람은 아닐지도 모른다는 생각이 들기 시작했다.

"비디오에서 보긴 봤지만, 비디오는 이런 광경을 제대로 담아내지 못해요." 그가 나를 바라보며 말했다. "이렇게까지 아름다울 줄은 정말 몰랐어요."

"그런 대사는 C.J.랑 C.J.의 잠옷에나 써먹어야지." 카슨이 문밖으로 고개를 내밀고 말했다. 그는 방한용 재킷 안에 덧입는 라이너를 입고 부츠를 신은 채였다. "도대체 여기서 뭐 하는 거야?"

"이블린한테 아침에 출발하려면 어서 자러 가야 한다고 말하고 있었어." 내가 카슨을 보며 말했다.

"정말요?" 이블린의 얼굴에서 그 아련한 표정이 싹 사라졌다. "내일 아침에 말입니까?"

"해가 뜨면 곧장." 내가 말했다. "그러니 빨리 침대로 돌아가요. 앞으로 2주 동안 매트리스에서 잘 일은 없을 테니까." 하지만 이블린은 자리를 뜨려는 낌새가 전혀 없었고, 나는 이블린이 곁에 있는 상황에서는 카슨과 이야기를 나눌 수가 없었다.

"어디로 가나요?"

"미탐사 지역으로요." 내가 말했다. "하지만 지금 자러 가지 않으면 안장뼈에 앉아 자느라 풍경을 놓치게 될 겁니다."

"지금 잠이 오겠어요?" 이블린이 산등성이를 응시하며 말했다. "너무 신이 나서 잠이 싹 달아났다고요!"

"그럼 가서 장비들을 챙기는 건 어때요?" 카슨이 말했다.

"짐은 이미 다 꾸렸습니다."

그때 C.J.가 속이 훤히 비치는 로브를 잠옷 위에 걸치며 나왔다.

"해가 뜨면 출발할 거야." 내가 C.J.에게 말했다.

"그래? 하지만 아직은 못 가." 그녀는 이블린을 홱 잡아당겨 안으로 데려갔다.

카슨이 내게 따라오라고 손짓했고 우리는 막사와 마구간의 중간쯤으로 갔다. "뭐 좀 찾았어?"

"248-76구역에 구멍이 있어. 두 번이나 지나쳤는데 두 번 다 불트가 앞장서고 있었어."

"화석층이야?"

"아니, 변성암[13]. 별일 아닐 수도 있지만 어제 오후에 울프마

---

[13] 암석이 열이나 높은 압력을 받아 다른 성질의 암석으로 변한 것

이어가 다질에 있었어. 스타팅게이트에 있었던 것도 확인됐고. 내 생각엔 양쪽 어디에도 없었던 것 같아."

"그 자식이 뭘 하고 있는 것 같아? 채굴?"

"그럴지도. 주위를 둘러보는 동안 거길 본부로 사용하는 것일 수도 있어."

"어디라고 했지?"

"248-76구역."

"빌어먹을." 카슨이 조용히 말했다. "246-73구역이랑 무지 가깝잖아. 만일 그게 울프마이어라면 분명 거길 찾아낼 거야. 네 말이 맞아. 거기로 가봐야 해." 그가 고개를 저었다. "꼼짝없이 저 임시대원을 데리고 다녀야 한다니. 저 인간은 여기서 뭐 하고 있었는데? C.J.랑 섹스하다 쉬러 나오기라도 한 거야?"

"짝짓기 습관에 관해 이야기하던 중이었어." 내가 말했다.

"외계 성동물학자라니!" 그가 말했다. "섹스야말로 탐사를 망치는 지름길이라고."

"이블린은 C.J.를 다룰 줄 알아. 게다가 C.J.는 탐사에 함께 가지도 않잖아."

"내가 걱정하는 건 C.J.가 아니야."

"그럼 무얼 걱정하는 건데? 이블린이 지류 중 하나를 크리사 협곡이라고 이름 지을까 봐? 자기보다 50배나 큰 둥지를 지을까 봐? 대체 왜 그러는 거야?"

"알 거 없어." 카슨은 쿵쾅거리며 게이트 구역을 향해 걸어갔다. "나는 가서 불트랑 이야기할 테니 너는 조랑말에 짐이나 실어."

★ 183차 탐사: 1일째

우리는 결국 C.J.가 조종하는 헬기를 타고 '혀'를 향해 날아갔다. 카슨과 나는 미탐사 지역까지 가는 데 걸릴 시간과 그 과정에서 발생할 벌금을 계산한 뒤, 항공기 사용 벌금이 붙더라도 헬기로 가는 편이 싸다는 결론을 내렸다. C.J.는 이블린을 설득할 마지막 기회를 얻게 돼 무척이나 기뻐했고, 가는 내내 이블린을 앞자리에 앉혔다.

"그만 노닥거리고 이블린을 뒤쪽으로 보내." 혀가 보이기 시작하자 카슨이 C.J.에게 소리쳤다. "이블린의 장비를 점검해야 한다고."

이블린은 아이처럼 신난 표정으로 곧장 화물칸으로 돌아왔다. "미탐사 지역으로 들어왔나요?" 그는 쭈그려 앉아 열린 해치를 통해 밖을 내다보았다.

"강 이쪽 편은 지난번 탐사 때 전부 지도에 넣었어요." 내가 말했다. "술, 담배, 마약, 카페인 소지는 규정상 금지입니다. 혹시 가지고 있나요?"

"아니요. 없습니다." 이블린이 말했다.

나는 마이크를 건네주었고 이블린은 그걸 목에 붙였다. "과학 장비를 제외한 첨단 기술 장비도 금지고, 카메라나 레이저나 총기를 소지하는 것도 안 됩니다."

"칼이 한 자루 있는데 가져가도 될까요?"

"그걸로 토착 생물을 죽이지만 않으면 괜찮아요." 내가 말했다.

"뭔가 죽이고 싶거든 핀을 죽이세요." 카슨이 말했다. "우리는 죽여도 벌금이 붙지 않으니까."

헬기는 혀를 향해 급강하했고 가까운 강변 위를 선회했다. "먼저 나가세요." 내가 이블린을 문 쪽으로 밀며 말했다. "벌금이 너무 많이 나오기 때문에 헬기를 착륙시킬 수는 없습니다." 내가 소리쳤다. "C.J.가 모는 헬기가 공중을 선회할 겁니다. 저희가 장비를 던져드릴게요."

이블린이 고개를 끄덕인 뒤 뛰어내릴 준비를 했지만, 불트가 팔꿈치로 이블린을 옆으로 밀치고 우산을 펴더니 메리 포핀스[14] 처럼 둥실 떠서 지면에 착륙했다.

"뛰어내리세요!" 내가 소리쳤다. "그리고 될 수 있으면 식물

---

[14] 마술사 보모인 메리 포핀스가 개구쟁이 아이들을 돌보면서 벌어지는 일들을 그린 동명의 뮤지컬 영화 〈메리 포핀스〉(1964)의 주인공. 우산을 타고 하늘을 날아다닌다.

위에는 내리지 말아요."

이블린은 벌써 로그를 꺼내 든 불트를 내려다보며 고개를 다시 끄덕였다.

"잠깐만요!" C.J.가 조종석에서 튀어나와 이블린과 내 곁으로 왔다. "작별 인사도 없이 보낼 수는 없어요, 이블린." 그리고 그의 목을 두 팔로 감싸 안았다.

"지금 뭐 하는 짓이야, C.J.?" 카슨이 말했다. "헬기를 추락시키면 벌금을 얼마나 내야 되는지 알기나 해?"

"자동 비행 중이야." 그녀는 그렇게 말한 뒤 이블린에게 진한 키스를 했다. "기다리고 있을게요." 그녀가 숨을 고르며 말했다. "행운을 빌어요. 이름을 붙일 게 많이 발견되길 바랄게요."

"우리도 전부 기다리고 있다고." 내가 말했다. "자, 이블린, C.J.한테 작별 인사하고 이제 뛰어내려요."

"잊지 말아요." C.J.가 속삭이며 그에게 다시 키스하러 몸을 내밀었다.

"지금이에요." 나는 그렇게 말하고 이블린을 밀쳤다. 그는 뛰어내렸고 C.J.는 화물칸 가장자리를 붙잡고 나를 노려보았다. 나는 그런 그녀를 무시하고 침낭과 측량 장비들을 이블린에게 내려주기 시작했다.

"컴퓨터 터미널을 식물 위에 놓지 마요." 내가 이블린을 내려다보며 소리쳤지만 이미 너무 늦었다. 그가 컴퓨터를 스코어브러시 덤불 위에 내려놓은 거다.

나는 불트를 힐끗 보았다. 다행히 불트는 강가로 내려가 쌍안경으로 강 건너편을 보고 있었다.

"미안해요." 이블린이 내게 소리쳤다. 그는 서둘러 터미널을 집어 든 뒤 맨땅을 찾아 두리번거렸다.

"수다 그만 떨고 뛰어내려." 카슨이 내 등 뒤에서 말했다. "그래야 조랑말들을 내리지."

나는 보급품 꾸러미들을 집어 이블린에게 던졌다. 그리고 "물러서요!"라고 외친 뒤 맨땅을 찾아 훑어보았다.

"뭘 꾸물거리는 거야?" 카슨이 소리쳤다. "이러다 내가 놈들을 내리기도 전에 놈들이 먼저 똥을 싸겠어."

나는 맨땅을 골라 뛰어내렸다. 하지만 발이 땅에 닿기도 전에 카슨이 "헬기를 더 낮춰, C.J.!"라고 외치는 바람에 몸을 일으킬 때 하마터면 머리통이 헬기에 부딪혀 빠개질 뻔했다.

"더 낮게!" 카슨이 어깨 너머로 고함을 질렀고 C.J.는 헬기의 고도를 더 낮췄다. "핀, 고삐를 잡아, 빌어먹을. 뭘 기다리는 거야? 이 자식들을 헬기에서 내리라고."

나는 대롱거리는 고삐를 잡으려고 애를 썼지만 늘 그랬듯 뜻대로 되지 않았다. 이번에도 카슨은 조랑말들이 갑자기 이성을 되찾아 헬기에서 뛰어내릴 거라 믿었지만, 조랑말들은 언제나처럼 겁을 집어먹고 앞다리를 들어 올린 채 등으로 카슨을 헬기 화물칸 옆쪽으로 밀쳤다. 언제나 그랬듯 카슨은 "이 돌대가리들아, 나한테서 떨어져!"라고 소리쳤고, 볼트는 그 말을 로그에 기록했다.

"토착 동물에 대한 언어적 학대."

"조랑말들을 밀어내야 해." 나는 그렇게 말하며 헬기에 다시 올라탔다.

"이블린." 내가 소리쳤다. "우리가 헬기를 최대한 낮출 거예요. 헬기가 스코어브러시 꼭대기에 닿거든 C.J.에게 신호를 줘요."

C.J.는 헬기를 선회해서 더 낮게 하강했다. "살짝만 위로." 이블린이 손짓하며 말했다. "이제 됐어요."

우리는 땅에서 50센티미터쯤 떨어져 있었다. "한 번만 더 시도해보자고." 카슨이 말했다. "고삐를 잡아."

나는 고삐들을 잡았다. 이번에는 조랑말들이 카슨을 C.J.가 앉아 있는 조종석 뒤쪽으로 찌그러트릴 듯 밀어붙였다.

"이런 망할, 대가리에 똥밖에 안 들어 있는 이 멍청이들아." 카슨이 조랑말들의 엉덩이를 찰싹 때리며 소리를 질렀고, 조랑말들은 카슨을 더더욱 밀어붙였다.

나는 간신히 조랑말들을 돌아 카슨 곁으로 갔다. 조랑말 한 마리가 뒷발로 카슨의 다친 발을 밟고 서 있었고 내가 녀석의 뒷다리를 잡아 올리자 녀석은 약에 취한 듯 쓰러졌다. 우리는 그 녀석을 화물칸 가장자리로 끌고 가 헬기 밖으로 밀어냈다. 조랑말은 끄응 소리를 내며 땅으로 떨어졌고 그대로 그 자리에 누워버렸다.

이블린이 서둘러 다가왔다. "다친 것 같은데요."

"아니에요." 내가 말했다. "그저 골이 난 것뿐이에요. 물러서세요."

카슨과 나는 나머지 세 마리를 거꾸로 뒤집어 첫 번째 조랑말

위로 던진 뒤 헬기에서 뛰어내렸다.

"뭐라도 해야 하지 않을까요?" 이블린이 조랑말 더미를 걱정스러운 얼굴로 바라보며 말했다.

"출발하기 전까지는 그냥 저렇게 둬도 괜찮아요." 카슨이 장비를 집어 들며 말했다. "어차피 저 자세로는 똥도 쌀 수 없어요. 이리 와, 볼트. 짐을 챙겨야지."

볼트는 여전히 혀 근처에 있었는데, 지금은 쌍안경을 내려놓고 강둑에 쪼그려 앉아 깊이가 1센티미터밖에 안 되는 물속을 들여다보고 있었다.

"볼트!" 내가 큰 소리로 부르며 볼트를 향해 걸어갔다.

볼트가 자리에서 일어나 로그를 꺼내 입력했다. "수면 교란." 그리고 공중에 떠 있는 헬기를 가리키며 말했다. "파도 생성."

"파도가 일 만큼 물이 깊지도 않잖아." 내가 손가락을 물속에 집어넣으며 말했다. "겨우 손가락 한 마디를 적실 정도밖에 안 되는데."

"물길에 외계 신체 삽입." 볼트가 말했다.

"외계…." 하지만 내 말은 헬기 소리에 묻혀버렸다. 헬기는 혀 위를 날아 1센티미터 깊이밖에 안 되는 강에 물결을 일으켰다. 그러고는 다시 돌아와 덤불 위를 스치듯 날았다. C.J.는 우리 곁을 지나며 키스를 날렸다.

"알았어, 알았어." 내가 볼트에게 말했다. "물길 교란."

볼트는 스코어브러시 쪽으로 성큼성큼 걸어가더니 덤불 아래로 팔을 쭉 펴 가느다란 이파리 두 장과 말라비틀어진 열매 하나를 집어 들었다. 그리고 그것들을 내밀며 말했다. "작물 파괴."

C.J.는 기체를 기울여 방향을 튼 다음 북동쪽으로 날아가며 손을 흔들었다. 귀환하는 길에 248-76구역 상공을 지나면서 항공 사진을 찍으라고 일러두었지만, 이블린과 희희낙락거리느라 까먹지 않았다면 다행이었다.

이블린이 남쪽에 있는 산맥을 보며 물었다. "저게 벽인가요?"

"아니요. 벽은 저 너머에 있어요." 나는 혀 건너편을 가리켰다. "그건 포니파일 산맥이고요."

"우리가 가는 곳이 저곳인가요?" 이블린이 또 아련한 눈빛을 하고 물었다.

"아니요. 이번 탐사에서는 안 갑니다. 우린 혀를 따라 남쪽으로 몇 킬로미터 간 다음 북서쪽으로 향할 거예요."

"어이, 거기 두 사람. 관광은 그만하고 이리 와서 조랑말들에 짐 좀 실어!" 카슨이 소리쳤다. 그는 조랑말들을 일으켜 세운 뒤 스피디의 안장뼈에 광각 카메라를 묶는 중이었다.

"알겠습니다. 그렇게 합죠." 내가 말했다. 이블린과 나는 풀더미 사이를 지나 카슨이 있는 곳으로 갔다. "벽은 지겨울 정도로 보게 될 테니 걱정일랑 하지 마세요." 내가 이블린에게 말했다. "목적지로 가려면 벽을 건너야 하고, 그런 다음엔 벽을 따라 은빛 협곡까지 북쪽으로 쭉 올라가야 하거든요."

"그러려면 먼저 조랑말에 짐을 다 실어야 하겠죠? 자, 여기요." 카슨이 조랑말 한 마리의 고삐를 이블린에게 건넸다. "사이클론에 짐을 실어요."

"사이클론이라고요?" 이블린이 경계하는 눈초리로 조랑말을 보며 말했다. 사이클론은 금방이라도 다시 쓰러지려는 듯 보였다.

"걱정 안 하셔도 돼요." 내가 말했다. "조랑말은…."

"핀 말이 맞아요." 카슨이 말했다. "갑자기 움직이지만 않으면 돼요. 그리고 이 녀석이 당신을 내동댕이치려 하거든 죽기 살기로 매달리세요. 사이클론은 공포를 감지하는 순간에만 거칠어진답니다."

"거칠어진다고요?" 이블린은 긴장한 기색이었다. "제가 말을 타본 적이 별로 없어서요."

"그렇다면 제 조랑말을 타세요." 내가 말했다.

"디아블로를 타라고?" 카슨이 말했다. "저번에 그런 일이 있었는데도 이블린한테 디아블로를 타라고 하는 거야? 그건 안 돼. 내 생각에 이블린은 사이클론을 타야 해." 카슨이 이블린에게 등자를 내밀었다. "여기다 발을 얹고 안장뼈를 단단히 잡아요. 천천히, 조심조심."

이블린은 안장이 수류탄이라도 되는 듯 붙들었다. "얌전히, 사이클론." 그가 중얼거리며 발을 천천히 등자에 올려놓았다. "착하지, 사이클론."

카슨이 나를 바라보았다. 콧수염 가장자리가 바르르 떨렸다. "정말 잘하시지 않니, 핀?"

나는 카슨의 말을 무시한 채 유스리스의 가슴에 광각 카메라를 장착하던 일을 계속했다.

"이제 아주 천천히 다른 쪽 다리를 흔들어 올린 뒤 반대쪽으로 넘기세요. 올라타실 때까지 제가 사이클론을 붙들고 있을게요." 카슨이 굴레를 단단히 붙잡으며 말했다. 이블린은 카슨의 말을 따라 했고 죽을힘을 다해 고삐를 움켜쥐었다.

"이랴!" 카슨이 소리치며 조랑말의 엉덩이를 때렸다. 조랑말이 한 걸음 앞으로 나아가자, 이블린은 고삐를 놓고 안장뼈를 붙잡았다. 조랑말은 카슨을 향해 두 걸음 더 내디디더니 꼬리를 들어 에베레스트산만 한 똥 덩어리를 쏟아냈다.

카슨이 금방이라도 숨이 넘어갈 듯 웃으며 내게로 왔다.

"왜 그렇게 이블린을 괴롭히는 거야?" 내가 물었다.

그는 한참을 웃다가 대답했다. "네가 그랬잖아. 보기보다 똑똑하다고. 그래서 확인해본 거뿐이야."

"오늘 중에 출발하고 싶거든 가서 네 정찰대원이나 확인해." 내가 불트를 가리키며 말했다. 불트는 다시 쌍안경을 눈에 대고 있었다.

카슨은 한참을 더 웃다가 불트와 이야기하러 갔고 그사이 나는 측량 장비 장착을 마쳤다. 불트는 로그를 꺼내놓았고, 보아하니 카슨은 또 불트에게 소리를 지르고 있었다.

나는 유스리스를 타고 이블린이 있는 곳으로 갔다. "이곳에 한참은 있게 될 것 같네요." 내가 말했다. "카슨 대신 사과할게요. 저 사람은 농담한답시고 그런 거예요."

"그런 것 같더군요." 이블린이 말했다. "이 녀석 진짜 이름이 뭐죠?" 그가 조랑말을 가리키며 말했다. 조랑말은 한 걸음 앞으로 나가더니 그 자리에 멈췄다.

"스피디예요." 내가 말했다.

"그런데도 이렇게 느리게 간다고요?"

"가끔은 이보다 더 느리게 갑니다." 내가 말했다.

유스리스가 꼬리를 들어 올리고 똥을 쌌다.

"늘 이러는 건 아니겠죠?" 이블린이 말했다.

"늘 이러기만 하는 건 아니에요." 내가 말했다. "가끔은 헬기에서 오줌을 싸기도 하죠."

"대단하군요." 이블린이 말했다. "갑작스레 움직인다고 해서 놀랄 것 같지도 않아요."

"이 녀석들은 그 어떤 것에도 놀라지 않아요." 내가 말했다. "니블러가 발가락을 물어뜯어도 눈 하나 꿈쩍 안 할 걸요. 겁에 질렸거나 하기 싫은 게 있으면 그냥 그 자리에 가만히 서서 움직이질 않아요."

"무얼 싫어하는데요?"

"사람들이 자기 등에 올라타는 것." 내가 말했다. "언덕도 싫어해요. 경사가 2도만 넘어가도 올라가지 않아요. 자기가 만든 발자국을 밟으며 왔던 길을 되돌아가는 것, 세 마리가 나란히 걸어가는 것, 한 시간에 1킬로미터 이상 가는 것, 다 싫어합니다."

이블린은 나도 자기를 놀리고 있다고 생각하는지 경계하는 눈빛으로 나를 보았다.

내가 한 손을 들고 말했다. "맹세해요."

"그렇다면 차라리 걸어가는 편이 더 빠르지 않나요?" 이블린이 말했다.

"걸어가면 불트가 발자국에 벌금을 매기거든요."

이블린이 허리를 옆으로 숙여 유스리스의 발굽을 보았다. "하지만 발자국은 조랑말도 남기잖아요."

"이 녀석들은 토착 생물이에요." 내가 말했다.

"그렇다면 어떻게 제대로 된 탐사를 할 수 있죠?"

"못 하죠. 그래서 빅브라더가 우리한테 고함을 지르는 거고요." 내가 혀를 바라보며 말했다. 카슨은 소리 지르기를 포기하고 불트가 로그에 대고 말하는 모습을 지켜보기만 했다. "빅브라더 이야기가 나왔으니, 나머지 규정에 대해서도 말씀드릴게요. 개인용 홀로그램 금지, 사진 촬영 금지, 기념품 수집 금지, 야생화 채집 금지, 동물 죽이기 금지…."

"만일 공격을 받으면요?"

"상황에 따라 다릅니다. 만일 당신이 내야 할 벌금 액수와 작성해야 할 온갖 보고서를 보고도 심장마비에 안 걸릴 자신이 있다면 죽이세요. 차라리 죽임을 당하는 편이 나을 거예요."

이블린이 다시 의심스럽다는 표정을 지었다.

"우리가 가는 곳에는 위험할 게 없어요." 내가 말했다.

"니블러는요?"

"그것들은 더 북쪽에 살아요. 위험한 동식물도 거의 없고 선주민들도 온화하죠. 당신을 완전히 털어먹을 수는 있겠지만 해치지는 않을 겁니다. 마이크를 항상 착용하세요." 나는 손을 뻗어 마이크를 떼어 더 아래쪽 가슴께에 붙여주었다. "혹시라도 일행과 떨어지거든 그곳에 가만히 계셔야 해요. 다른 사람을 찾으러 돌아다닐 생각일랑 말아요. 그랬다간 목숨을 잃게 될 게 분명하니까요."

"방금 그곳의 동식물은 위험하지 않다고 하셨잖아요?"

"맞습니다. 하지만 우린 미탐사 지역으로 들어가는 겁니다. 다시 말해 산사태나 번개나 로드킬 구덩이나 급류를 만날 수도 있다는 의미죠. 가시덤불에 베어 패혈증에 걸릴 수도 있고 너무 북쪽으로 갔다가는 얼어 죽을 수도 있어요."

"우르르 몰려오는 러기지 떼에 갇힐 수도 있겠죠."

나는 이블린이 그 사실을 어떻게 알고 있는지 궁금했다. 아마도 팝업에서 봤으리라. 그게 뭔지는 몰라도. "길을 잃고 이리저리 떠돌다 영영 발견되지 못할 수도 있어요." 내가 말했다. "스튜어트의 동료인 세구라가 그랬죠. 그랬다간 당신의 이름을 딴 언덕 하나도 못 남기게 될 거예요. 그러니 그 자리에 가만히 있다가 24시간이 지나거든 C.J.에게 연락하세요. C.J.가 와서 데려갈 겁니다."

이블린이 고개를 끄덕였다. "알겠습니다."

나는 그 팝업이란 게 뭔지 알아내야만 했다.

"C.J.에게 연락하면 우리가 어디 있는지 찾아줄 거예요. 설령 부상을 입어 연락할 수 없는 상황이라 해도 당신이 차고 있는 마이크를 이용해 당신의 위치를 파악할 겁니다."

나는 말을 잠시 멈추고 또 무얼 알려줘야 할지 기억해내려고 애썼다. 강가에서는 카슨이 또다시 볼트에게 고함을 지르고 있었다. 이곳 조랑말들 옆에서도 그의 말소리는 뚜렷하게 들렸다.

"선주민에게 선물 주기 금지. 바퀴나 조면기[15] 제작법 알려주기 금지. 불트의 성별을 알게 되더라도 친하게 지내기 금지. 선주민에게 소리 지르기 금지." 내가 카슨을 보며 말했다.

카슨은 콧수염을 부르르 떨며 우리 쪽을 향해 오고 있었다. 이번에는 웃는 얼굴이 아니었다.

"불트가 여기로는 못 건넌대." 카슨이 말했다. "이쪽 벽에는 틈이 없다는 거야."

"우리가 지도를 봤을 때는 분명 틈이 있다고 했잖아." 내가 말했다.

"그 틈은 메워졌대. 다른 틈까지 남쪽으로 더 가야 한다는군. 여기서 얼마나 멀어?"

"10킬로미터." 내가 말했다.

"젠장, 오전 내내 가야 하겠구먼." 카슨이 벽이 있는 쪽을 가느눈으로 보며 말했다. "지도를 볼 땐 틈이 메워졌다는 이야기는 없었잖아. C.J.한테 연락해봐. 귀환하는 길에 항공 사진을 찍었을지도 몰라."

"아니, 안 찍었어." 내가 말했다. 248-76구역이 있는 북쪽으로 갔으니 우리가 가야 하는 곳의 사진은 못 찍었을 게 분명하다.

"젠장." 카슨은 모자를 벗어 땅바닥에 내동댕이치려다 참았다. 그리고 나를 한 번 힐끗 보더니 쿵쾅거리며 혀 쪽으로 갔다.

"잠깐 여기 계세요." 나는 이블린에게 그렇게 이른 뒤 조랑말

---

15 목화의 씨를 빼거나 솜을 트는 기계

에서 내려 카슨을 쫓아갔다. "불트가 눈치챈 거 같아?" 나는 이블린이 우리의 이야기를 들을 수 없는 거리에 이르자 카슨에게 물었다.

"아마 그랬을 거야." 카슨이 말했다. "이제 어떡하지?"

나는 어깨를 으쓱했다. "다음 틈까지 남쪽으로 내려가야지. 북쪽 지류들에서 그리 멀지 않아. 그때쯤이면 248-76구역을 확인해야 할지 말지도 알게 될 거야. 그래서 C.J.더러 항공 사진을 찍으라고 했던 거야." 내가 불트를 보니, 불트는 여전히 로그에 대고 말을 하고 있었다. "어쩌면 아직은 눈치채지 못했을 수도 있어. 남쪽으로 가야 벌금을 더 많이 물릴 수 있나 보지."

"참으로 엎친 데 덮친 격이군." 카슨이 침울한 목소리로 말했다.

카슨 말이 맞았다. 출발하는 과정에서 불트가 물린 벌금은 총 900달러에 달했고 합산하는 데만 30분이 소요되었다. 불트는 또 30분에 걸쳐 조랑말에 짐을 실었다가 우산이 필요하니 우산을 찾겠다며 짐을 몽땅 내렸다가 다시 실었다. 그러는 불트에게 카슨은 부적절한 태도와 말투를 사용했고 모자를 땅바닥에 집어던졌다. 우리는 불트가 그것들을 몽땅 로그에 추가하는 동안 그저 기다릴 수밖에 없었다.

10시가 되어서야 마침내 출발했다. 전구가 켜진 우산을 안장뼈에 묶은 불트가 앞장을 섰고, 그 뒤를 이블린과 내가 나란히 따라갔으며, 카슨은 맨 뒤에 있었다. 그곳에선 불트에게 욕설을 퍼부어댈 수가 없었다.

C.J.가 우리를 작은 계곡의 북쪽 끝자락에 내려주었고, 우리

는 계곡을 따라 혀에 바짝 붙어 남쪽으로 내려갔다.

"여기서는 벽이 보이지 않아요." 내가 이블린에게 말했다. "1킬로미터는 더 가야 벽이 잘 보일 거예요. 그리고 5킬로미터 정도 내려가면 벽이 혀 바로 옆까지 오죠."

"왜 '혀'라고 부르는 거죠? 부우테족이 부르는 이름을 번역한 건가요?"

"선주민들한테는 그 강을 지칭하는 이름이 없어요. 아니, 이 행성에 있는 것의 절반은 이름이 없지요." 나는 눈앞에 있는 산맥을 가리켰다. "포니파일 산맥을 예로 들어볼게요. 이 행성에서 가장 큰 자연 지형인데도 이름이 없어요. 대부분의 동식물도 마찬가지고요. 그리고 무언가에 이름을 붙일 때는 말도 안 되는 이름을 붙입니다. 부우테족이 러지기를 뭐라고 부르는지 아세요? '쭈우울카아쩨스'라고 불러요. '죽은 수프'라는 뜻이죠. 그래서 빅브라더도 말도 되지 않는 이름을 붙이라고 요구하는 거예요."

"'혀'처럼요?" 이블린이 씩 웃으며 말했다.

"길고 분홍빛이고 의사 앞에서 '아아' 하며 내밀 때처럼 늘어져 있잖아요. 달리 뭐라 부르겠어요? 진짜 이름은 그게 아니에요. '혀'는 그냥 우리가 부르는 이름이고 지도에 실린 명칭은 콩글로머리트[16] 강입니다. 이름을 붙일 때 역암 사이를 흐르고 있었거든요."

---

[16] 역암. 운반작용을 통해 퇴적한 암석 중 크기가 2밀리미터 이상인 입자가 많은 암석

"비공식적인 이름이라는 거죠." 이블린이 혼잣말했다.

"소용없어요. 그래봤자 안 돼요." 내가 말했다. "C.J.의 이름을 따서 타이트애스[17] 협곡이라고 이름을 붙여줘봤는데, C.J.는 자기 이름이 공식적으로 승인되어 지형도에 실리길 원해요."

"아, 그렇군요." 이블린은 실망한 표정이었다.

"혹시 호모 사피엔스 외에 암컷의 이름을 나무에 새겨야만 짝짓기할 수 있는 종이 또 있나요?" 내가 물었다.

"아니요, 없어요." 이블린이 말했다. "추움 행성에는 수컷이 암컷 주위에 석회 둑을 쌓는 물새가 있는데, 그 둑이 벽이랑 아주 비슷하게 생겼어요."

바로 그때 눈 앞에 벽이 펼쳐졌다. 우리가 조랑말을 타고 이동하는 동안 계곡의 고도는 점점 높아졌고 또한 넓어지고 있었다. 어느 순간 우리는 언덕 꼭대기에 다다랐고 C.J.의 항공 사진 같은 풍경이 우리 앞에 펼쳐졌다.

포니파일 산맥의 기슭까지는 끝없이 평평했고 평원의 한가운데를 혀가 가로질러 흐르고 있었다. 혀는 마치 지도를 가르는 경계선 같았다. 부우테에는 화성만큼이나 산화물이 많았고 선홍색 진사[18]도 풍부해, 평원은 분홍빛을 띠었다. 서쪽으로 여기저기 메사들이 있었고, 화산재로 이루어진 피라미드 모양의 언덕도 몇 개 보였으며, 먼 곳의 푸른빛이 이들을 부드러운 연보라색으

---

[17] Tight-ass, 딱딱하고 융통성 없고 별것도 아닌 걸로 까다롭게 구는 사람
[18] 크리스털과 같은 결정구조를 가진 육방정계에 속하는 적색 황화수은

로 물들였다. 그리고 햇빛을 받아 하얗게 빛나는 아치 모양의 벽이 이들 사이를 굽이쳤다. 벽은 메사를 넘어 혀를 향해 내려갔다가 다시금 멀어졌다. 불트가 틈에 대해 한 말은 거짓말이 아닌 듯했다. 내가 볼 수 있는 한 벽은 끊김이 없이 길게 이어져 있었다.

"저기 있네요." 나는 몸을 돌려 이블린을 보았다.

이블린은 입을 떡 벌린 채 다물지 못했다.

"부우테족이 지었다고는 믿기가 어렵죠."

이블린이 여전히 입을 벌린 채 고개를 끄덕였다.

"카슨과 저는 부우테족이 벽을 지은 게 아니라고 생각해요." 내가 말했다. "이곳에 먼저 살았던 어느 불행한 선주민 종족이 지었다고 생각하죠. 아마도 불트와 그의 종족이 그들에게 벌금을 물어 몰아냈을 거예요."

"정말 아름다워요." 이블린은 내 말을 듣지 못했다. "이렇게 길 줄은 몰랐어요."

"메워진 틈들을 제외하고도 길이가 600킬로미터에 달한답니다." 내가 말했다. "그리고 점점 더 길어지고 있죠. C.J.의 항공사진에 따르면 매년 평균 두 개의 방이 추가되고 있어요."

그건 우리의 이론이 틀렸다는 말이었지만, 그렇다고 이 모든 작업을 선주민들이 해냈다고 생각하기도 어려웠다.

"팝업에서 봤던 것보다 훨씬 아름다워요." 이블린이 말했다. 나는 도대체 팝업이란 게 정확히 뭐냐고 묻고 싶었지만, 그 말 또한 이블린의 귀엔 들릴 것 같지 않았다.

벽을 처음 봤던 순간이 떠올랐다. 부우테에 온 지 겨우 일주

일밖에 안 된 때였다. 우리는 억수같이 쏟아지는 빗줄기를 뚫고 협곡을 따라 올라가느라 온종일 죽을 고생을 했고, 나는 어쩌다 카슨의 꼬임에 넘어가 이런 상황에 휘말리게 됐는지 곱씹고 있었다. 그러다 지금 있는 곳보다 훨씬 높은 메사의 꼭대기에 올라섰고 카슨이 이렇게 말했다. "저기 있군. 전부 네 거다 생각하고 마음껏 즐겨."

카슨의 그 말 한마디 때문에 우리는 부적절하고 제국주의적인 태도를 보였다는 이유로 징계를 받았다. 소유권에 관한 조항에 따르면 '행성은 소유의 대상이 아니다'라는 이유에서였다.

내가 이블린을 바라보며 말했다. "맞아요. 정말 근사하죠."

볼트가 벌금 기록하기를 끝내자 우리는 벽을 건너기 위해 이동하기 시작했다. 볼트는 여전히 혀에 바짝 붙어 강을 따라가고 있었는데 500미터쯤 간 뒤에 쌍안경을 꺼내 물속을 들여다보더니 고개를 저었다. 우리는 계속해서 묵묵히 터벅터벅 지친 걸음으로 나아갔다.

어느덧 정오가 지났다. 나는 배낭에서 점심을 꺼내고 싶었지만, 조랑말들은 지쳐갔고 이블린은 혀와 가까이 있는 벽에 시선을 고정하고 있었기 때문에, 나는 기다리기로 했다.

벽은 낮은 계단처럼 생긴 메사 뒤로 사라져 100미터쯤 모습을 감추었다가 다시 굽이쳐 내려와 혀와 가까워졌다. 그때 카슨의 조랑말이 더는 가기 싫다는 듯 멈추어 서서 흔들거리기 시작했다.

"이런, 맙소사." 내가 말했다.

"무슨 일이죠?" 이블린이 벽에서 시선을 떼고 물었다.

"휴식 시간이에요. 제가 조랑말은 위험하지 않다고 했던 거 기억해요?" 내가 카슨을 보며 말했다. 카슨은 벌써 조랑말에서 내려 멀찌감치 떨어져 서 있었다. "그건 조랑말이 쓰러지면서 당신 다리를 깔아뭉개지 않을 때 이야기예요. 지금 당장 뛰어내려요. 어서요."

"알겠습니다!" 이블린은 스피디가 곧 폭발하기라도 할 것처럼 뛰어내려 멀찍이 물러섰다.

나도 컴퓨터를 묶은 끈을 단단히 조인 뒤 조랑말에서 내려 뒤로 물러섰다. 앞쪽에 있던 카슨의 조랑말이 흔들거리기를 멈추자, 카슨은 조랑말에게로 돌아가 음식이 든 배낭들을 풀려고 애를 썼다.

이블린과 나는 카슨이 끈을 풀려고 낑낑대는 모습을 보고 그에게 다가갔다. 조랑말이 카슨의 발 위에 똥을 쏟아내더니 다시 흔들거리기 시작했다.

"조심해!" 내가 소리쳤고 카슨은 펄쩍 뒤로 물러섰다. 조랑말은 비틀비틀 앞으로 몇 걸음 나아가더니 다리를 양옆으로 뻣뻣하게 뻗은 채로 쓰러졌다.

그 바람에 음식 배낭의 반이 조랑말 밑에 깔렸고, 카슨은 미동도 하지 않는 조랑말의 몸통 아래서 배낭을 잡아빼기 시작했다. 볼트가 몸을 펼치고 우산을 든 채 우아하게 조랑말에서 내리자, 나머지 조랑말들도 도미노처럼 쓰러졌다.

이블린이 카슨에게 다가가 그를 내려다보며 말했다. "갑자기 움직이시면 안 돼요."

카슨이 쿵쾅거리며 내 옆을 지나가며 말했다. "너는 뭐가 그렇게 웃겨서 웃는 거야?"

우리는 점심을 먹었고 불트는 우리에게 벌금을 매겼다. 카슨과 단둘이 이야기하고 싶었지만 좀처럼 틈이 나지 않았다. 불트는 껌딱지처럼 우리를 쫓아다니며 로그에 대고 말했고, 이블린은 쉴 새 없이 벽에 관해 질문을 퍼부어댔기 때문이다.

"방을 한 번에 하나씩 만들어가는군요." 이블린이 벽을 보며 말했다. 우리는 벽의 반대편에 있었고 따라서 보이는 거라곤 회반죽을 바른 뒤 희끄무레한 분홍색으로 칠을 한 듯한 방의 뒷벽뿐이었다. "부우테족이 저걸 어떻게 지을까요?"

"저희도 모릅니다. 아무도 작업하는 모습을 본 적이 없어요." 카슨이 말했다. "뭐든 쓸모 있는 일을 하는 것도 못 봤죠." 그가 어두운 목소리로 덧붙이며 벌금을 계산 중인 불트를 쳐다보았다. "탐사를 계속 진행할 수 있게 벽을 건널 방법을 찾아준다든가 하는 거 말입니다."

그리고 카슨은 불트에게 다가가 부적절한 말투로 이야기하기 시작했다.

"저 방들은 뭔가요?" 이블린이 물었다. "주거지인가요?"

"또한 불트가 사들이는 온갖 물건을 보관할 창고이자 쓰레기 매립지이기도 하죠. 어떤 방들은 장식이 되어 있어요. 입구에 꽃이 걸려 있거나 니블러 뼈로 문 앞에 무늬를 만들어놓기도 하죠. 하지만 대부분은 비어 있어요."

카슨이 쿵쾅거리며 돌아왔다. 콧수염이 바르르 떨렸다. "불트 말이 여기로도 못 건넌대."

"다른 틈도 메워졌다는 거야?" 내가 말했다.

"아니. 이제는 물속에 뭐가 있다는 거야. '찌미쯔'라나 뭐라나."

나는 혀를 바라보았다. 석영사[19] 위를 흐르는 강은 유리처럼 맑았다. "그게 뭔데?"

"난들 알아? 번역하면 '거기 없다'는 뜻이야. 얼마나 더 가야 하냐고 물어봤더니 '나아암쪽 간다'라고만 하는 거야."

'남쪽'은 대충 포니파일 산맥까지의 중간쯤을 의미하는 듯했다. 조랑말들을 다시 일으켜 움직이기 시작했지만, 불트는 강 쪽은 쳐다보지도 않았고 앞장서려고 하지도 않았다. 대신 이블린과 내게 앞장서라고 손짓한 뒤 카슨과 함께 가려고 뒤쪽으로 갔다.

길을 잃을 걱정은 없었다. 그 지역은 이미 지도에 전부 표시해두었고, 혀에 가까이 붙어 따라가기만 하면 됐다. 벽은 강에서 점점 멀어지며 낮아지더니 일렬로 늘어선 메사들을 향해 뻗어나갔고, 우리는 먼지 위에서 풀을 뜯어 먹고 있는 러기지 한 무리를 지나 언덕을 올라갔다. 또다시 경치가 한눈에 펼쳐졌다.

이렇게 광활한 풍광의 특징은 한동안 다른 걸 보게 될 가능성이 없다는 것이다. 우리는 이미 이곳의 동식물을 기록해두었다. 많은 러기지와 부싯깃 같은 마른 풀 약간, 그리고 가끔 마주치는 로드킬 몇 마리를 빼고는 별다른 게 없었다. 나는 지질 등고선을

---

[19] 석영의 작은 알갱이로 이루어진 흰 모래. 도자기나 유리를 만드는 데 쓴다.

살피고 지형도를 다시 확인한 다음, 이블린이 경치를 감상하느라 바쁜 틈을 타서 울프마이어의 위치를 확인했다.

울프마이어는 스타팅게이트에 있었다. 광석 시료들을 몰래 반출하다가 빅브라더에게 붙잡힌 것이다. 따라서 그는 248-76구역에 있지 않았다. 그러니 C.J.가 해주는 요리를 먹고 보고서나 정리하며 하루쯤 더 킹스 X에서 쉴 수도 있었다.

보고서 생각이 머리에 떠오르자 나는 그것들을 지금 곧장 끝내버리는 편이 낫겠다 싶었다. 그래서 불트의 구매 주문서를 요청했다.

우리가 킹스 X에 있는 동안 불트는 몹시 분주했음에 틀림없다. 자기가 벌어들인 벌금보다 더 많은 돈을 썼기 때문이다. 불트가 벌금을 탕진해 곤경에 빠진 탓에 우리를 남쪽으로 데려가는 게 아닌가 하는 생각마저 들었다.

나는 불트의 주문 목록에서 무기와 인공 건축 자재들을 추려내고, 수십 권의 사전과 샹들리에로 무얼 하려고 하는 건지 추측해보려 애썼다.

"뭐 하고 계세요?" 이블린이 몸을 숙여 로그를 들여다보며 물었다.

"밀수품을 걸러내는 중이에요." 내가 말했다. "불트는 무기가 될 만한 물건은 주문할 수 없어요. 우산도 포함되죠. 그걸 다 잡아내기가 쉽지 않네요."

이블린이 몸을 더 숙이며 말했다. "그런데 '재고 없음'에 표시하고 계시네요."

"맞아요. 그것들을 주문할 수 없다고 하면 차별이라며 벌금을 물릴 거예요. 그런데 재고가 없는 물품에 대해서는 돈을 낼 필요가 없다는 사실을 아직은 모르거든요. 불트가 물건을 더 많이 주문하지 못하게 막는 거죠."

이블린이 계속해서 질문을 이어갈 것만 같아서, 나는 대신 지형도를 불러내고 이렇게 말했다. "박사님의 전공인 짝짓기 습관에 대해 더 알려주세요. 여자친구한테 사전을 선물하는 종도 있나요?"

이블린이 활짝 웃으며 말했다. "지금까지 본 바로는 없습니다. 하지만 대부분의 종에게 선물 주기는 구애 의식의 중요한 일부입니다. 호모 사피엔스를 포함해서요. 약혼반지나 사탕이나 꽃 같은 걸 주지 않습니까?"

"밍크코트. 콘도. 토보해에 있는 섬도 주죠."

"그 행위가 지닌 의미에 대해서는 여러 이론이 있습니다." 이블린이 말했다. "대부분의 동물학자는 선물 주기가 수컷의 영역 확보 능력과 방어 능력을 증명한다고 생각합니다. 일부 외계 사회동물학자들은 선물 주기가 성행위를 상징적으로 재현한다고 믿지요."

"낭만적이네요." 내가 말했다.

"연구에 따르면 선물 주기는 암컷의 페로몬을 활성화하고, 이는 다시 수컷의 화학적 변화를 유도해 구애 의식의 다음 단계로 이어집니다. 뇌에 내재된 본능이지요. 성적 본능은 이성을 압도한답니다."

'그래서 여자들이 자기한테 처음 웃어주는 남자랑 도망칠 가능성이 높은 거야.' 나는 생각했다. C.J.가 착륙장에서 그처럼 바보같이 굴었던 것도 그 때문이다. 내가 그런 생각을 하고 있던 바로 그 순간 송신기에서 C.J.의 목소리가 흘러나왔다. "여기는 본부, 핀드리디 나와라, 오버."

"무슨 일이야?" 나는 C.J.가 내 목소리를 잘 들을 수 있도록 마이크를 떼어 좀 더 위쪽으로 들어 올렸다.

"징계 통보가 왔어." C.J.가 말했다. "'탐사대원과 선주민과의 관계와 관련해, 모든 탐사대원은 선주민 지성체의 고귀한 문화를 존중하고 지구 중심적 가치 판단을 삼가야 한다.'"

그거야 우리가 탐사를 마치고 귀환한 뒤에 들어도 되는 거였다. "호출한 진짜 이유가 뭐야, C.J.?" 내가 물었다. 물론 이유야 이미 알고 있었지만.

"이블린 거기 있어? 통화할 수 있을까?"

"잠깐만. 그 북서쪽 구역의 항공 사진은 찍었어?"

긴 정적 뒤에 그녀의 대답이 돌아왔다.

"깜빡했어."

"깜빡했다니 그게 무슨 말이야?"

"딴생각하느라 깜빡했다고. 헬기 프로펠러에서 이상한 소리가 났단 말이야."

"헛소리 마. 네 머릿속엔 이블린이랑 섹스할 생각밖에 없었잖아."

"왜 그렇게 화를 내는 거야?" C.J.가 말했다. "그 구역은 전부

지도에 표시되어 있지 않아?"

"이블린 바꿔줄게." 나는 이블린을 C.J.와 연결해주고 송신 버튼이 어떤 건지 알려준 다음 고개를 돌려 카슨을 보았다.

카슨은 내가 무얼 발견했는지 혹은 무얼 발견하지 못했는지 알고 싶어 할 터였다. 하지만 카슨은 볼트와 함께 한참 뒤쪽에 떨어져 있어서 큰 소리로 불러 말할 수가 없었다. 게다가 우리가 이 경로를 택한 이유를 볼트가 알게 되는 건 원치 않았다.

볼트가 이미 눈치채지 않았다면 말이다(어쩌면 벌써 눈치챘는지도 모른다). 우리는 한참 전에 벽의 두 번째 틈을 지나쳤지만, 볼트는 혀를 건널 생각이 전혀 없어 보였다.

"노력할게요." 이블린이 마이크에 대고 진지하게 말했다. "약속해요."

'먼지 폭풍이 필요할 때가 됐군.' 나는 하늘을 보며 생각했다. 카슨은 보통 탐사 첫째 날에 먼지 폭풍을 일으키길 좋아했다. 무슨 일이 생겨 먼지 폭풍이 필요할 경우를 미리 대비해서였다. 하지만 카슨은 볼트와 깊은 대화를 나누고 있었다. 어쩌면 혀를 건너자고 볼트를 설득하는 중일 수도 있었다.

"나도 당신이 보고 싶어요, C.J." 이블린이 말했다.

먼지 폭풍이 일어날 만한 곳을 향해 카메라를 돌리고 내가 직접 일으킬 수도 있었지만, 지평선에는 아지랑이 하나 피어오르지 않았다. 벽은 여기서 불과 500미터밖에 떨어져 있지 않았고 벽을 따라 간혹 미풍이 부는 날도 있었지만, 오늘은 아니었다. 공기는 로드킬처럼 잠잠했다.

"저기 좀 보세요." 나는 이블린이 C.J.랑 이야기 중일 거라고 생각했는데 그가 나를 향해 외쳤다. "핀, 저게 뭐죠?" 그는 우리를 향해 날아오는 셔틀렌 한 마리를 가리키고 있었다.

"'찔리라'요." 내가 말했다. "우린 저걸 '셔틀렌'이라고 부르죠."

"왜죠?" 이블린이 내 머리 위를 지나 다른 조랑말 두 마리를 향해 날아가는 작은 새를 보며 물었다.

나는 굳이 대답하지 않았다. 셔틀렌은 카슨의 머리 위를 한 바퀴 돌더니 다시 우리 쪽으로 날아오기 시작했다. 분홍빛이 도는 짧고 통통한 날개를 퍼덕이며, 금방이라도 지쳐 떨어질 것 같은 모습으로. 새는 이블린의 모자 주위를 두 번 맴돌고 나서야 다시 카슨 쪽으로 날아갔다.

"오." 이블린이 탄성을 질렀다. 그리고 몸을 돌려 사력을 다해 날갯짓하며 원을 그리는 새를 바라보았다. "얼마나 오래 날 수 있나요?"

"꽤 오랫동안이요. 한번은 터키석 호수 근처에서 저런 식으로 50킬로미터를 따라다닌 새가 있었는데, 카슨이 계산해보니 거의 700킬로미터를 날았더라고요."

이블린이 자신의 로그에서 관련 정보를 찾기 시작했다. "부우테어로 '찔리라'가 무슨 뜻이죠?" 그가 물었다.

"'넓은 진흙'이요." 내가 말했다. "무슨 뜻인지는 묻지 말아요. 어쩌면 진흙으로 둥지를 짓나 보죠. 하지만 이 주위에는 진흙이 없어요."

'먼지도 없지.' 나는 다시 먼지 폭풍에 대해 생각했다. 만일 불트와 카슨이 우리보다 앞에 있었다면, 슬쩍 등자에서 발을 빼 흙을 끌어 먼지를 일으킬 수도 있었을 거다. 하지만 지금 상황에서 그랬다가는 불트에게 들킬 게 뻔했고, 이블린도 셔틀렌에 대해 떠들길 멈추고 지금 뭐 하는 거냐고 물을 게 분명했다.

나는 고개를 돌려 카슨을 보며 손을 흔들었다. 뭐든 하라는 신호로 받아들이기를 바라며. 하지만 카슨은 불트와의 대화에 깊이 빠져 있어 내 손짓은 그의 시선을 끌지 못했다. 셔틀렌이 열 번의 회전 끝에 카슨의 모자를 스치고 지나갔지만, 그것조차도 그의 주의를 끌진 못했다.

"오, 저길 봐요!" 이블린이 말했다.

나는 다시 정면을 보았다. 이블린이 안장에서 반쯤 몸을 일으켜 벽 쪽을 가리키고 있었다. 무얼 가리키고 있는지는 보이지 않았다. 그렇다면 스캔 장치 또한 알아보지 못할 것이다.

"어디요?" 내가 물었다.

"저기, 저쪽이요." 이블린이 손가락으로 가리키며 말했다.

나는 드디어 그가 무얼 가리키는지 알아냈다. 둥근잎 덤불 뒤에 누워 있는 '카우치포테이토'[20]였는데 털로 뒤덮인 조랑말 더미처럼 보였다.

그게 뭔지 인식할 만큼 스캐너의 해상도가 높지 않았지만, 나는 시간을 끌기 위해 "아무것도 안 보여요"라고 말했고, 만일의 경우를 대비해 카메라의 초점을 카우치포테이토의 왼쪽 끝에 맞

---

20 부우테 행성에 사는 초식동물의 한 종류

쳤다.

"저쪽에 있는 거, 저거 혹시…." 이블린이 말했다.

나는 이블린이 더 자세히 말하기 전에 그의 말을 끊고 소리쳤다. "이런 젠장! 조심해요. 저건…." 그리고 송신기의 연결을 끊었다.

"뭐죠?" 이블린이 칼을 꺼내 들며 말했다. "위험한 건가요?"

"네?" 나는 통신 두절 시간을 12분으로 설정했다.

"저거요!" 이블린이 카우치포테이토가 있는 쪽을 향해 손을 휘저으며 말했다. "저쪽에 있는 저 갈색 물체 말입니다."

"아, 저거요?" 내가 말했다. "저건 카우치포테이토예요. 위험하진 않아요. 초식동물이죠. 먹을 때를 빼놓고는 대부분 저렇게 누워 있어요. 저기 있는 걸 못 봤네요." 그리고 시계의 알람을 10분으로 설정했다.

"그럼 뭘 보고 놀라신 거예요?" 이블린이 걱정스러운 눈길로 지평선을 바라보며 말했다.

"날씨 때문이에요." 내가 말했다. "벽 근처에는 먼지 폭풍이 이는데 그게 송신기에 영향을 주거든요." 나는 송신기의 '전송' 버튼을 서너 번 탁탁 눌렀다가 계속 누른 채로 있었다. "C.J., 거기 있어? 본부 나와라, 오버. 본부, 응답하라." 나는 고개를 저었다. "통신이 끊겼네. 이럴 줄 알았어."

"제 눈에는 먼지가 안 보였는데요?" 이블린이 말했다.

"먼지 폭풍은 폭이 고작해야 1, 2미터밖에 안 돼요." 내가 말했다. "그리고 시야에 완전히 들어오기 전까진 거의 안 보이죠."

나는 송신기의 버튼 몇 개를 무작위로 눌렀다. "카슨한테 알려줘야겠어요."

나는 조랑말의 고삐를 힘껏 당기고 옆구리를 찼다. "카슨!" 내가 외쳤다. "문제가 생겼어."

카슨은 아직도 불트와 진지하게 이야기하는 중이었다. 내가 조랑말의 옆구리를 한 번 더 차자 조랑말은 나를 매섭게 노려보더니 뒷걸음질을 치기 시작했다. 이 속도라면 내가 카슨에게 닿기도 전에 먼지 폭풍은 끝나고 말 거다. 시간을 20분으로 설정했어야만 했다. "C.J., 들려?" 나는 송신기에 대고 말했다. 송신기가 꺼져 있는지 확인하기 위해서였다. 그러고는 조랑말에서 내렸다.

"이봐, 카슨. 송신기가 고장 났어." 나는 카슨의 조랑말을 향해 걸어가며 큰 소리로 말했다. "바람이 강해지고 있어. 이러다간 먼지 폭풍에 휘말리겠어."

"언제?" 카슨이 불트를 흘깃 보며 물었다. 불트는 유스리스에서 내린 나에게 벌금을 부과하려고 로그를 찾고 있었다.

"방금." 내가 말했다.

"얼마나 지속될 것 같아?"

"한동안." 내가 하늘을 탐색하듯 쳐다보며 말했다. "12분이나 12분 30초 정도."

"모두 휴식 시간." 카슨이 큰 소리로 말하자, 불트가 재빨리 조랑말에서 내려 내 발자국을 살펴보려고 성큼성큼 걸어왔다.

카슨은 카우치포테이토가 있는 쪽으로 걸어갔다. 나는 이블린을 돌아보았다. 그는 고개를 쳐들고 입을 벌린 채 셔틀렌을 보고 있었다. 나는 카슨을 쫓아갔고 우리는 나란히 쪼그려 앉았다. 셔틀렌의 주의를 끌지 않기 위해서였다.

"뭐가 문제야?" 카슨이 물었다.

"아무 문제 없어." 내가 말했다. "그냥 미탐사 지역으로 넘어가기 전에 먼지 폭풍 하나쯤 일으켜야 하지 않을까 해서."

"그렇다면 기다릴 수도 있었어." 카슨이 말했다. "한동안은 벽을 건너지 않을 것 같아."

"왜? 이쪽 틈도 메워졌대?"

카슨이 고개를 저었다. "'찌미쩨'가 있대. '큰 찌미쯔'라는 뜻이야. 아무래도 248-76구역 근처로 못 가게 불트가 막고 있는 거 같아. C.J.한테서 알아낸 거 있어? 항공 사진에 뭐가 보였대?"

"항공 사진 못 찍었대. 이블린한테 눈길 주느라 바빠 촬영하는 걸 까먹은 거지."

"까먹었다고?" 카슨이 소리를 지르며 벌떡 일어섰다. "내가 말했지? 저 인간이 이번 탐사를 망칠 거라고. 너도 이블린한테 여기저기 보여주느라 바빠 울프마이어의 위치 파악도 안 한 거겠지."

나는 자리에서 일어나 카슨의 얼굴을 똑바로 마주 보았다. "지금 그게 무슨 말이야?"

"수다 떠느라 바빠 248-76에서 무슨 일이 벌어지는지는 다 잊었다는 말이야. 도대체 뭐가 그렇게 재밌어서 온종일 떠들어 대는 거야?"

"짝짓기 습관." 내가 말했다.

"짝짓기 습관?" 카슨이 역겹다는 듯 말했다. "그런 이야기를 하느라 위치 파악을 안 한 거라고?"

"위치 파악했어. 그 구역에 있는 게 누군지는 몰라도 울프마이어는 아니야. 울프마이어는 스타팅게이트에 있었고 이미 체포됐어. 내가 확인했다고."

카슨이 남쪽에 있는 포니파일 산맥을 응시했다. "불트는 무슨 꿍꿍이속인 거지?"

셔틀렌이 방향을 바꿔 우리 쪽으로 날아오기 시작했다. "나도 모르겠어." 나는 모자를 벗어 휘둘러 새를 쫓아냈다. "선주민들이 거기에 금광이라도 숨겨놨나 보지. 아니면 몰래 라스베이거스를 짓고 있거나. 불트가 주문한 물건들로 말이야." 셔틀렌은 내 머리 주위를 한 바퀴 돌더니 카슨 쪽으로 날아갔다. "우리가 벌금을 더 많이 내도록 멀리 돌아가는 건지도 모르지. 얼마나 더 가야 혀를 건널 수 있는지 불트가 말해줬어?"

"나아암쪽 간다." 카슨이 불트를 흉내 내 우산을 들고 남쪽을 가리키는 시늉을 하며 말했다. "이대로 더 남쪽으로 가면 포니파일 산맥이야. 산속으로 끌고 가 홍수에 휘말리게 만들려는 속셈일지 누가 알아."

"그러고는 물속에 외계 신체를 넣었다고 벌금을 매기겠지." 내 시계에서 삑 하고 알람이 울렸다. "이제 좀 날씨가 풀리는 것 같군." 내가 말했다. 나는 흙 한 줌을 집어 들었고 우리는 다시 조랑말들이 있는 곳으로 돌아갔다.

중간에서 마주친 불트가 엄격한 목소리로 "기념물 채취"라며 내 손에 있는 흙을 가리켰다. "지표면 훼손. 토착 식물 파괴."

"잊기 전에 얼른 입력해." 내가 말했다.

나는 이블린과 나의 조랑말들이 있는 곳으로 돌아갔고 셔틀렌이 나를 따라왔다. 이블린이 자기 머리 위를 맴도는 셔틀렌을 바라보는 동안 나는 손에 든 흙을 카메라 렌즈를 향해 불어 보내고 안장에 올라탔다. 시계를 보니 1분이 남아 있었다. 나는 송신기를 살짝 만지작거리며 카슨에게 소리쳤다. "송신기가 다 고쳐진 것 같아." 그리고 이블린에게 말했다. "출발하시죠, 이블린."

나는 이블린 앞에서 일부러 송신기에서 칩을 꺼냈다가 다시 제자리에 끼우는 척을 했는데 굳이 그럴 필요가 없었다. 그는 여전히 넋을 놓고 셔틀렌만 쳐다보고 있었다.

"저 셔틀렌은 수컷인가요?" 이블린이 물었다.

"저야 모르죠. 성 전문가는 당신이잖아요." 나는 연결 해제를 푼 뒤 셋까지 셌고 다시 버튼을 누르며 다섯까지 세었다. "킹스 X…." 그리고 나는 송신기를 재가동했다. "응답하라, C.J."

"여기는 C.J., 도대체 어딜 갔던 거야?" C.J.가 물었다.

"별일 아니야. 그냥 먼지 폭풍이었어. 벽이랑 너무 가까이 있었나 봐." 내가 말했다. "카메라는 다시 켜졌어?"

"응. 먼지는 안 보이는데?"

"먼지 폭풍의 가장자리만 살짝 스쳤어. 1분 정도 지속됐는데 송신기를 다시 작동시키느라 시간을 다 썼지 뭐야."

"이상하네." C.J.가 천천히 말했다. "겨우 1분 동안의 먼지 폭풍이 그렇게 큰 피해를 줄 수 있다니."

"칩 하나가 문제였어. 알잖아. 칩이 얼마나 민감한지."

"칩이 그렇게 민감하다면 로버가 일으켰던 그 많은 먼지에는 왜 고장이 안 났을까?"

"로버라니?" 나는 마치 누군가 로버를 몰고 오기라고 하듯 멍하니 주위를 둘러보며 말했다.

"어제 이블린이 너희를 만나러 로버를 몰고 나갔잖아. 그때는 왜 통신이 안 끊겼는데?"

'그거야 그땐 내가 울프마이어 걱정에 정신이 팔려 있었고 불트한테서 쌍안경을 뺏느라 정신이 없어 송신기 생각은 하지도 못했기 때문이지.' 나는 생각했다. 나는 로버가 일으킨 먼지 속에서 기침을 하고 숨이 막혔는데도 그 문제는 미처 생각하지 못했다. 맙소사, 가짜로 먼지 폭풍을 일으킨다는 걸 C.J.가 눈치채기라도 한다면 큰일이었다. "기계라는 게 원래 그래." 나는 그녀가 믿지 않을 걸 뻔히 알면서도 둘러댔다. "송신기가 아주 제멋대로라니까."

카슨이 다가왔다. "C.J.랑 통신 중이야? 그러면 이 근처 벽을 촬영한 항공 사진이 있는지 물어봐. 어디에 틈이 있는지 알아야겠어."

"물어볼게." 나는 그렇게 말하고 다시 통신을 끊었다. "문제가 생겼어. C.J.가 먼지 폭풍에 대해 캐묻고 있어. 왜 로버가 날린 그 많은 먼지에는 송신기가 고장 나지 않았는지 궁금해하더라고."

"로버?" 내가 그랬듯 카슨의 낯빛 또한 어두워졌다. "그래서 뭐라고 했어?"

 "송신기가 변덕이 심하다고 했지."

 "그걸 믿을 리가 없어." 카슨이 이블린을 노려보며 말했다. 이블린은 또 한 바퀴를 돌기 시작하는 셔틀렌을 쳐다보고 있었다. "내가 말했잖아. 저 인간이 문젯거리가 될 거라고."

 "이블린 잘못이 아니야. 우리가 먼지구름을 보고도 제대로 알아채지 못한 거잖아. C.J.랑 다시 연결해야 하는데 뭐라고 하지?"

 "칩에 먼지가 들어가서 그런 거라고 해." 카슨이 조랑말 쪽으로 발을 쿵쿵 구르며 돌아가며 말했다. "공기 중의 먼지가 문제가 아니라고."

 그 말이 통할 리가 없었다. 지지난번 탐사 때 내가 C.J.에게 공기 중의 먼지가 송신기 고장의 원인이라고 말했기 때문이다.

 "갑시다, 이블린." 내가 이블린을 불렀고 그는 여전히 셔틀렌을 바라보며 조랑말에 올랐다. 나는 연결 해제 버튼에서 손을 뗐다. "…본부, 응답 바람, 본부."

 "또 먼지 폭풍 때문이야?" C.J.가 비꼬듯 말했다.

 "칩에 아직 먼지가 남아 있나 봐." 내가 말했다. "계속 끊기네."

 "그런데 왜 소리도 동시에 끊기지?" C.J.가 캐물었다.

 '그거야 우리가 아직 마이크를 너무 높이 달고 있어서지.' 나는 생각했다.

 "이상하네." C.J.가 말을 이었다. "너희가 떠난 뒤로 카슨이 출발 전에 분석한 기상 자료를 살펴봤어. 그 구역엔 바람이 없다고 나오던데?"

"날씨란 녀석도 종잡을 수가 없어. 특히 벽 근처에서는." 내가 말했다. "이블린 여기 있는데 이야기할래?"

나는 C.J.가 대답하기도 전에 이블린을 연결했고, 탐사에서 섹스가 꼭 나쁜 것만은 아니라는 생각을 했다. 적어도 C.J.의 관심을 먼지 폭풍에서 딴 데로 돌릴 수는 있을 테니까.

불트와 카슨은 우리 주위를 빙 둘러 다시 선두로 나섰고 이블린과 나는 그들 뒤를 따랐다. 이블린은 여전히 C.J.와 통신 중이었는데, 가만히 듣고 있다가 가끔 "네" 혹은 "약속할게요"라고 대답하는 식이었다. 셔틀렌도 원을 그리며 앞으로 갔다 뒤로 갔다 양치기 개처럼 우리를 따라왔다.

"셔틀렌은 어떤 종류의 둥지를 가졌나요?" 이블린이 물었다.

"글쎄요, 한 번도 본 적이 없어요." 내가 말했다. "그나저나 C.J.는 뭐라고 하던가요?"

"별 이야기 없었어요. 아마 이 지역에 셔틀렌 둥지가 있을 거예요." 이블린이 혀 건너편을 바라보며 말했다. 벽은 강둑 바로 옆까지 다가왔고, 그 사이의 좁은 공간에 몇 그루의 스코어브러시가 있긴 했지만 둥지를 숨길 만큼 큰 것은 보이지 않았다. "셔틀렌이 보호적인 행동을 보이면 암컷일 테고 영역을 지키는 듯한 행동을 보인다면 수컷일 겁니다. 먼 거리까지 따라온 적이 있다고 하셨죠? 두 마리 이상이 동시에 따라온 적도 있었나요?"

"아니요." 내가 말했다. "한 마리가 빠지고 다른 셔틀렌이 그 자리를 대신한 적은 있었습니다. 마치 교대 근무를 하는 것처럼요."

"영역을 지키는 행동 같군요." 이블린이 말했다. 셔틀렌은 불트의 곁을 지난 뒤 방향을 틀었는데 어찌나 낮게 날았는지 볼트의 우산을 스치고 지나갔다. 볼트는 고개를 들어 셔틀렌을 올려보았다가 다시 고개를 숙여 구부정한 자세로 벌금 명세서를 들여다보았다. "표본을 구할 방법은 없겠죠?"

"셔틀렌이 심장마비라도 일으키지 않는 한 방법이 없어요." 나는 내 모자를 스치듯 지나가는 셔틀렌을 피해 몸을 숙이며 말했다. "하지만 저희에게 홀로그램이 있어요."

나는 10분 동안이나 홀로그램을 들여다보는 이블린을 보며 C.J.를 걱정했다. 기록에 남지 않을 정도의 먼지에도 송신기가 고장 날 수 있다고 C.J.를 설득했지만, 정작 어제는 송신기가 먼지에 완전히 뒤덮이도록 가만히 내버려두었고 통신을 끊을 생각은 하지도 못했다.

이제 C.J.가 의심하기 시작했으니 그냥 넘어갈 리가 없었다. 아마 지금쯤 모든 로그를 다 뒤져 먼지 폭풍이 있었는지 확인하고 기상 자료와 대조하고 있을 것이다.

볼트와 카슨은 다시 물속을 들여다보고 있었다. 볼트가 고개를 저었다.

"영역 표시 행위는 일종의 구애 의식입니다." 이블린이 말했다.

"갱단 같군요." 내가 말했다.

"수컷 은대구는 암컷을 위해 해저에 있는 조약돌과 조개껍데기들을 깨끗이 치운 뒤 그 주변을 끊임없이 맴돌지요."

나는 볼트의 우산 주위를 또다시 맴도는 셔틀렌을 바라보았다. 볼트는 로그를 내려놓고 우산을 접었다.

"요안 행성에 사는 미르가사지는 공중의 일정 구역을 차지해 제 영역으로 만든답니다. 꽤 흥미로운 종이에요. 암컷 중 일부는 밝은색 깃털을 가지고 있는데, 수컷들은 그런 암컷에 관심이 없어요."

셔틀렌이 우리를 지나 다시 불트와 카슨 쪽으로 날아갔다. 셔틀렌이 방향을 틀자 불트가 우산을 활짝 폈쳤다. 그 바람에 셔틀렌은 그대로 추락했고 불트는 우산 끝으로 셔틀렌을 여러 차례 찔렀다.

"무기 목록에 우산을 포함해야 했어요." 내가 말했다.

"제가 가져도 될까요?" 이블린이 물었다. "수컷인지 확인해보고 싶어요."

불트가 팔을 펴서 셔틀렌을 집어 들더니 조랑말을 탄 채 깃털을 뽑으며 앞으로 나아갔다. 깃털을 절반쯤 뽑자 셔틀렌을 입에 넣고 반으로 물어뜯었다. 그리고 나머지 반쪽을 카슨에게 내밀었다. 카슨은 고개를 저었고 불트는 나머지 반쪽까지 전부 입에 욱여넣었다.

"확인할 수 없게 됐네요." 나는 몸을 숙여 깃털 하나를 집어 이블린에게 건넸다.

셔틀렌을 씹어 먹는 불트를 보며 이블린이 물었다. "저것도 벌금을 물어야 하지 않나요?"

"'모든 탐사대원은 토착 지성체의 오랜 전통과 고귀한 문화를 가치 판단하는 행위를 삼가야 한다.'" 나는 불트가 뱉어낸 조각들을 주워(남은 게 거의 없었다) 이블린에게 건네주고 멀리 지평선을 바라보았다.

벽은 방향을 틀어 혀에서 멀어지더니 평원을 가로질러 곧게 뻗었다. 그 너머로는 스코어브러시와 나무들이 듬성듬성 자리 잡고 있었다. 바람 한 점 없어 나뭇잎들은 축 늘어져 있었다. 지금 우리에게 필요한 건 C.J.의 의심을 거둬줄 제대로 된 먼지 폭풍인데도, 미풍조차 없었다.

내가 걱정하는 건 C.J.가 먼지 폭풍의 진상을 알아내는 게 아니었다. 자기 이름을 따서 무언가에 이름을 붙이려고 우리를 협박하려 들 테지만 그건 예전부터 늘 하던 짓이었다. 하지만 C.J.가 송신기로 그 이야기를 해서 빅브라더가 듣게 되는 건 원치 않았다. 그들이 탐사 로그를 들여다보기라도 한다면 단번에 눈치챌 수 있을 테니까. 이런 날씨에 먼지 폭풍이 일어날 리가 없었다. 공기조차 제대로 흐르지 않았다. 불트가 뱉어내는 깃털들은 그대로 곧장 땅으로 떨어졌다.

하지만 500미터쯤 더 가자 강력한 먼지 폭풍이 갑자기 불어닥쳤다. 송신기 안에까지 먼지가 파고들었지만, 다행히 그 전에 5분 분량의 기록을 로그에 남겨둘 수 있었다. 코와 목구멍까지 먼지가 파고들었고 시야가 너무 어두워져서, 불트의 우산에서 나오는 불빛을 따라가며 길을 찾아야만 했다.

먼지 폭풍에서 벗어났을 때쯤에는 하늘이 진짜로 어두워졌다. 불트는 야영하기 좋은 곳을 찾기 시작했는데, 그에게 좋은 곳이란 우리한테 최대한 많은 벌금을 물 수 있게 식물이 무성한 곳을 뜻했다. 카슨은 먼저 혀를 건너고 싶어 했지만, 불트는 엄

숙한 표정으로 물속을 유심히 들여다보더니 '찌미쩨'라고 말했다. 카슨이 "어디? 내 눈에는 아무것도 안 보여!" 하고 소리치는 사이 조랑말들이 휘청거리기 시작했고, 결국 우리는 그곳에서 야영을 해야 했다.

우리는 서둘러 캠프를 쳤다. 일단 조랑말들이 주저앉고 나면 짐을 내리기가 더 힘들어질 테고, 어둠 속에서 허둥대고 싶지도 않았기 때문이었다. 하지만 송신기를 채 내리기도 전에 부우테의 달 세 개가 모두 떠올랐다.

카슨은 바람을 등지는 쪽에 조랑말들을 묶으러 갔고 이블린은 나를 도와 침낭을 펼쳤다.

"미탐사 지역에 들어왔나요?" 이블린이 물었다.

"아니요." 나는 침낭에서 먼지를 털어내며 말했다. "우리가 뒤집어쓰고 있는 먼지를 포함한다면 모를까." 나는 식물이 없는 곳을 골라 침낭을 펼쳤다. "그나저나 C.J.에게 우리의 위치를 알려줘야 해요." 나는 카슨의 침낭을 이블린에게 건넨 뒤 송신기로 향했다.

"잠깐만요." 이블린이 나를 불렀다.

나는 멈춰 서서 그를 돌아보았다.

"C.J.는 왜 로그에 먼지 폭풍이 없는지 의아해했어요."

"그래서 뭐라고 둘러대셨어요?"

"옆에서 비스듬히 들이닥쳐 미처 눈치채지 못했다고 했어요. 너무 빨리 불어닥쳐 박사님이 소리치기 전까진 보지도 못했고, 봤을 땐 이미 폭풍의 한가운데에 있었다고 했죠."

'내가 카슨에게 말했지. 보기보다 똑똑하다고.' 나는 생각했다.

"왜 그렇게 말했어요?" 내가 물었다. "우리가 가짜로 꾸며낸 거라고 하면 C.J.랑 섹스할 수도 있었을 텐데요?"

"농담이시죠?" 이블린이 말했다. 놀란 기색이 역력해서 괜히 말한 게 미안해졌다. 당연히 그는 우리를 배신하지 않을 거다. 우리는 핀드리디와 카슨, 잘못을 저지를 리 없는 유명한 탐사대원들이었으니까. 비록 방금 눈앞에서 딱 걸리긴 했지만 말이다.

"어쨌든 고마워요." 나는 그가 얼마나 눈치가 빠를지, 정확히 어디까지 내가 둘러댈 수 있을지 알 수가 없었다. "카슨과 해야 할 이야기가 있는데 빅브라더가 들으면 곤란해서요."

"무단침입자 때문이죠, 그렇죠? 그래서 그렇게 서둘러 출발한 거군요. 이 행성에 사람이라곤 우리밖에 없는데도 계속해서 위치를 추적했던 이유도 그래서고요. 누군가가 불법으로 게이트를 열었다고 생각하시는 거죠. 그래서 불트가 우리를 남쪽으로 이끄는 건가요? 그 사람을 못 잡게 하려고요?"

"불트가 뭘 하는지는 저도 몰라요." 내가 말했다. "무단침입자로부터 우리를 떼어놓으려는 속셈이었다면, 오늘 아침 우리가 있던 곳에서 강을 건너 은빛 협곡을 지나 벽을 따라 올라가게 하면 됐어요. 굳이 이렇게까지 남쪽으로 데려올 필요는 없었죠." 나는 카슨과 함께 조랑말들을 데리고 혀 근처로 내려가 있는 불트를 보며 덧붙였다. "게다가 불트는 울프마이어를 싫어해요. 그런데 왜 그를 보호하려 하겠어요?"

"울프마이어라고요?" 이블린이 흥분한 목소리로 말했다. "무단침입자가 그 사람입니까?"

"울프마이어를 아세요?"

"당연하죠. 팝업에서 봤어요." 그가 말했다.

그럴 줄 알았다.

"울프마이어가 여기서 무얼 하고 있는 걸까요?" 이블린이 말했다. "토착 지성체와의 거래? 광산 채굴?"

"뭔가를 하고 있다고는 생각지 않아요. 오늘 아침에 확인했는데 아직 스타팅게이트에 있더군요."

"아…." 이블린이 실망한 듯 말했다. 팝업에서는 우리가 레이저를 쏘며 무단침입자들을 쫓아다녔을 게 뻔하다. "그래도 혹시 모르니 직접 확인하러 가시는 건가요?"

"불트가 혀를 건네게만 해준다면야." 내가 말했다.

카슨이 성큼성큼 다가왔다. "내가 불트에게 조랑말한테 물을 먹여도 안전하냐고 물었더니 물속을 살피는 척하다가 '찌미쯔 없어'라고 하더라고. 그래서 내가 '그럼 좋아, 찌미쯔가 없으니 내일 아침에 바로 강을 건너면 되겠네'라고 했지. 그랬더니 갑자기 주사위 한 쌍을 내밀면서 '나아얌쪽 간다. 조각 릴라 파아르'라고 하는 거야." 카슨이 쪼그리고 앉아 배낭 속을 뒤적였다. "젠장, '릴라 파아르'라면 포니파일 산맥까지 가야 한다는 소리잖아." 그는 산맥을 노려보았다. "도대체 무슨 속셈이지? 벌금 이야기라면 하지도 마. 불트는 벌써 행성 하나를 살 만큼 벌어들였으니까." 카슨은 수질 분석 키트를 꺼내고 몸을 일으켰다. "핀, C.J.한테서 벽의 항공 사진 받았어?"

"지금 막 연락하려던 참이었어." 내가 말했다. 카슨은 성큼성큼 가버렸고 나도 송신기가 있는 곳으로 향했다.

"제가 뭐 도울 일 없을까요?" 이블린이 셔틀렌처럼 졸졸 따라오며 말했다. "불 피울 장작이라도 모아올까요?"

나는 그를 쳐다보았다.

"말씀 안 하셔도 돼요." 이블린이 내 표정을 보고 눈치챈 듯 말했다. "장작 모으는 데도 벌금이 붙겠죠."

"그리고 첨단 기술로 불을 피우는 것도, 토착 식물을 태우는 것도 벌금감이에요." 내가 말했다. "보통은 불트가 추위할 때까지 기다렸다가 직접 불을 피우게 하죠."

포니파일 산맥 너머에서 불어와 우리를 먼지 폭풍 속으로 몰아넣었던 바람이 꽤 쌀쌀해졌지만, 불트는 전혀 추운 기색을 보이지 않았다. 저녁을 먹은 뒤 불트는 카슨에게 주사위를 몇 개 더 주었고 그런 뒤 조랑말들 곁에 펼쳐놓은 우산 아래로 가서 앉았다.

"이번엔 또 뭘 하는 거야?" 카슨이 말했다.

"지난 탐사 때 사둔 배터리식 히터를 가지러 갔나 보지." 내가 손을 비비며 말했다. "짝짓기 습관에 대해 더 말해줘요, 이블린. 섹스 이야기를 하면 좀 따뜻해질지도 모르잖아요."

"말이 나와서 말인데, 이블린, 불트가 어느 쪽인지는 알아냈나요?" 카슨이 물었다.

내가 보기에 탐사가 시작된 이후로 이블린은 불트가 셔틀렌을 씹어먹던 때를 제외하고는 불트를 제대로 쳐다본 적이 없었다. 그런데도 곧바로 대답했다.

"수컷입니다."

"왜 그렇게 생각하나요?" 카슨이 물었다. 나도 궁금했다. 식사 예절을 기준으로 삼은 거라면 그건 단서가 될 만한 행동이 아니었다. 내가 본 선주민들은 모두 그렇게 먹었고, 대부분은 깃털도 안 뽑은 채로 그냥 먹었다.

"소유욕으로 가득 찬 행동 때문에요." 이블린이 말했다. "재산을 모으고 축적하는 건 전형적인 수컷의 구애 행동입니다."

"물건을 모으는 건 암컷들이 하는 행동이라고 생각했는데요." 내가 말했다. "다이아몬드라든가 명품 수집 같은 건 다 뭐죠?"

"수컷이 암컷에게 주는 선물은 재산이나 영토를 축적하고 방어할 수 있는 능력을 상징합니다." 이블린이 말했다. "벌금을 모으고 제품을 구입함으로써 불트는 생존에 필요한 자원에 접근할 수 있는 능력을 과시하고 있어요."

"샤워 커튼은요?" 내가 말했다.

"유용성은 중요한 문제가 아닙니다. 수컷 대구는 많은 양의 검은 갈매기조개를 모읍니다. 실용적 가치는 없어요. 식물만 먹거든요. 그리고 조개로 탑을 쌓습니다. 구애 의식의 일부죠."

"그게 암컷을 감동시킨다고요?" 내가 말했다.

"부를 축적하는 능력은 수컷의 유전적 우월성을 나타내고, 암컷의 자손이 생존할 가능성을 높여줍니다. 당연히 감동받죠. 암컷의 마음을 사로잡을 수 있는 다른 요소들도 있어요. 크기, 힘, 오늘 오후에 본 그 셔틀렌처럼 영역 방어 능력…"

'아마도 암컷 셔틀렌들 눈엔 별 볼 일 없어 보였겠지.' 나는 생각했다.

"…생식 능력, 젊음…."

"그러니까 지금 우리가 여기서 얼어 죽게 생긴 게, 불트가 어느 암컷한테 잘 보이고 싶어서라는 겁니까?" 카슨이 자리에서 일어서며 말했다. "내가 말했지. 섹스만큼 탐사를 엉망으로 만드는 게 없다고." 그는 랜턴을 집어 들었다. "불트가 자기 유전자를 어느 암컷에게 과시하고 싶어 한다고 해서 내가 동상에 걸릴 수는 없지."

카슨은 어둠 속으로 성큼성큼 걸어가버렸고, 나는 흔들리는 랜턴을 보며 카슨이 갑자기 왜 저렇게 화를 내는지, 그리고 이블린의 말이 사실이라면 왜 불트가 로그를 들고 카슨을 따라나서지 않는지 궁금했다. 불트는 여전히 조랑말들 옆에 앉아 있었고 나는 불트의 우산에 달린 전구 불빛을 볼 수 있었다.

"프리 행성에 사는 선주민 지성체들은 구애 의식의 일환으로 거대한 모닥불을 피웠어요." 이블린이 온기를 위해 손을 비비며 말했다. "그 결과 멸종해버렸죠. 500년도 채 지나지 않아 행성에 있는 모든 숲을 불태워버렸거든요." 이블린은 고개를 젖혀 하늘을 올려보았다. "이 모든 게 믿기지 않을 정도로 여전히 아름다워요."

아름다운 광경이었다. 수많은 별이 떠 있었고, 하늘 한가운데서는 세 개의 달이 자리를 차지하려고 서로 경쟁을 벌이고 있었다. 하지만 나는 이가 딱딱 부딪힐 만큼 추웠고, 바람결을 타고 포니파일 산맥에서 풍겨오는 고약한 냄새가 코를 찔렀다.

"저 달들의 이름은 뭐죠?" 이블린이 물었다.

"래리, 컬리, 그리고 모[21]." 내가 말했다.

"아니, 진짜로요. 부우테로 이름이 뭐예요?"

"부우테족은 달에 이름을 붙이지 않아요. 그래도 저 중 하나에 C.J.의 이름을 붙이겠다는 생각일랑은 하지 말아요. 빅브라더의 탐사가 있기 전까진 그저 위성 1호, 2호, 3호일 뿐이니까. 하지만 부우테족이 허락하지 않을 테니 당분간 위성 탐사 같은 건 없을 겁니다."

"C.J.요?" 이블린은 그녀가 누군지 까맣게 잊었다는 투였다. "저 달들은 팝업에서 본 것과는 전혀 다르게 생겼어요. 사실 부우테에 있는 것 중 팝업과 똑같은 건 하나도 없죠. 여러분만 빼고요. 두 분은 내가 상상했던 것과 정말 똑같아요."

"늘 말씀하시는 그 팝업 말인데요, 그게 뭐죠? 홀로그램으로 된 책 같은 건가요?"

"DHV입니다." 이블린이 자리에서 일어나 자기 침낭 쪽으로 가더니 쭈그려 앉아 침낭 밑에서 뭔가를 꺼냈다. 크기는 트럼프만 하고 평평한 사각형이었다. 이블린은 그걸 들고 돌아와 내 옆에 앉았다.

"보세요." 이블린이 납작한 카드를 책처럼 위로 펼쳤다. "에피

---

[21] 1922년부터 1970년까지 '세 명의 꼭두각시'라는 코미디팀에서 활동한 미국의 배우들 이름

소드 6이에요."

팝업이란 이름이 딱 맞았다. 카드 한가운데서 영상이 튀어나와 우리 둘 사이에 있는 공간 속으로 들어왔다. 킹스 X에서 사용하는 지도랑 비슷했지만, 실제 크기의 사람들이 움직이며 말을 한다는 점에서 달랐다.

근사해 보이는 여자 한 명이 조랑말처럼 꾸민 말 옆에 서 있었고, 아코디언과 소화전을 섞어놓은 듯한 땅딸막한 분홍색의 무언가가 있었다. 그 둘은 언쟁 중이었다.

"그가 떠난 지 너무 오래됐어." 여자가 말했다. 그녀는 몸에 딱 달라붙는 바지와 축 늘어진 셔츠를 입고 있었고 머리는 길고 윤이 났다. "가서 그를 찾을 거야."

"거의 20시간이 지났어." 아코디언이 말했다. "본부에 보고해야 한다고."

"그를 두고 여길 떠날 수는 없어." 여자는 그렇게 말한 다음 말을 타고 질주했다.

"기다려!" 아코디언이 소리쳤다. "안 돼! 너무 위험해!"

"저게 누구예요?" 내가 손가락으로 아코디언을 가리키며 물었다.

"멈춰." 이블린이 말하자 화면이 정지했다. "불트요."

"불트의 로그는 어디 있죠?" 내가 물었다.

"예상과는 전혀 달랐다고 말씀드렸잖아요." 이블린이 민망한 듯한 목소리로 말했다. "다시 돌려 보시죠."

화면이 깜빡이더니 장면이 시작했던 부분으로 돌아갔다.

"그가 떠난 지 너무 오래됐어!" 딱 달라붙는 바지를 입은 여자가 말했다.

"저게 볼트라면 이 사람은 누구예요?" 내가 물었다.

"누구긴요? 당신이죠." 이블린이 놀란 목소리로 말했다.

"카슨은 어디 있는데요?" 내가 물었다.

"다음 장면에 나옵니다."

또다시 화면이 깜빡였고 우리는 절벽 아래에 서 있었다. 주위에는 가짜처럼 보이는 큰 바위들이 널려 있었다. 카슨은 절벽 아래에 앉아 바위에 기댄 채 널브러져 있었는데 머리 한쪽에 깊은 상처가 났고 콧수염은 끝이 멋지게 말려 있었다. 카슨의 콧수염이 그렇게 근사했던 적은 한 번도 없었다. 그를 처음 봤을 때도 그랬다. 게다가 니블러들도 완전히 엉터리였다. 니블러들은 마치 틀니를 낀 기니피그처럼 보였는데, 적어도 카슨의 발을 물어뜯는 장면만큼은 꽤 현실적이었다. 나는 내가 카슨을 발견하는 부분이 어서 나오길 바랐다.

"다음 장면." 내가 말하자 화면이 깜빡이더니, 내가 몸에 딱 달라붙는 바지를 입고 절벽을 곧장 뛰어 내려와 니블러들을 향해 레이저를 쏘아대는 장면이 나왔다.

실제 상황은 그것과 매우 달랐다. 카슨처럼 절벽 아래로 뛰어내리지 않는 한, 절벽을 내려갈 다른 방법이 없었다. 니블러들은 내가 소리치자 도망갔지만, 나는 절벽을 따라서 왔던 길을 되돌아간 뒤 굴뚝처럼 생긴 바위틈을 찾아 그 틈을 통해 내려간 다음, 다시 돌아와야 했다. 그러는 데 꼬박 세 시간이 걸렸다. 니블러들도 내가 다가오는 소리에 도망치긴 했지만 오래지 않아 다시 돌아왔다.

딱 달라붙는 바지를 입은 여자는 마지막 3미터를 뛰어내린 뒤 카슨 옆에 무릎을 꿇고 앉더니 셔츠를 찢어 만든 천 조각으로 카슨의 발을 감기 시작했다. 발가락 주위에 피가 약간 난 것뿐이었지만 그녀는 눈물을 펑펑 쏟으며 붕대를 감았다.

"난 울지 않았어요." 내가 말했다. "다른 에피소드 또 있어요?"

"에피소드 11." 이블린이 말하자 화면이 깜빡였고 절벽이 은빛나무 숲으로 바뀌었다. 딱 달라붙는 바지와 멋진 콧수염은 구식 측량 기구와 육분의를 사용해 숲을 측량했고, 아코디언은 측량한 수치를 적어 내려가고 있었다.

은빛나무들은 누군가가 알루미늄 포일 조각을 잘라 죽은 나뭇가지에 걸어놓은 것처럼 보였고, 카슨은 파란색 털 조끼를 입고 있었는데 러기지 털가죽인 듯했다.

"핀드리디!" 아코디언이 고개를 번쩍 들며 말했다. "누가 오고 있나 봐!"

"당신들 지금 뭐 하는 거야?" 카슨이 은빛나무 숲속으로 걸어 들어오며 말했다. 그는 양팔 가득 나뭇가지를 안은 채 주위를 둘러보았다. "이건 다 뭐야?"

"너랑 나." 내가 말했다.

"팝업이에요." 이블린이 말했다.

"당장 꺼요!" 카슨이 말하자, 또 다른 카슨과 딱 달라붙는 바지가 검은 허공 속으로 사라졌다. "도대체 정신이 나간 거예요?

첨단 기술 장비를 탐사에 가져오다니! 편, 이블린이 규정을 잘 따르는지 안 따르는지 네가 지켜봤어야지!" 카슨은 아코디언이 서 있었던 자리에 나뭇가지를 내던졌고 나뭇가지들은 요란한 소리를 내며 바닥에 팽개쳐졌다. "이걸로 볼트가 우리한테 얼마나 많은 벌금을 물릴지 알기나 해요?"

"모…몰랐어요." 이블린은 말을 더듬거리며 카슨이 밟기 전에 얼른 허리를 숙여 팝업을 집어 들었다. "미처 그 생각까지는…."

"첨단 장비인 걸로 따지면 볼트의 쌍안경이랑 별반 다를 게 없잖아." 내가 말했다. "볼트가 주문한 다른 물건들도 마찬가지고. 게다가 볼트는 팝업에 대해서는 아무것도 모른다고. 저기서 저렇게 벌금 계산이나 하고 있잖아." 나는 볼트의 우산에서 나오는 불빛을 가리켰다.

"볼트가 아는지 모르는지 어떻게 알아? 수 킬로미터 밖에서도 다 보이던데!"

"네 목소리는 수십 킬로 밖에서도 다 들려!" 내가 말했다. "왜 이렇게 소란스러운지 볼트가 와서 확인하기라도 한다면 팝업이 뭔지 알아낼 수 있겠군."

카슨이 이블린한테서 팝업을 낚아채 가며 나지막이 으르렁댔다. "또 뭘 가져왔죠? 핵 반응로? 게이트?"

"팝업용 디스크 하나 더요." 이블린은 주머니에서 동전만 한 검은 물체를 꺼내 카슨에게 건넸다.

"이게 도대체 뭐야?" 카슨이 디스크를 이리저리 뒤집어 보며 물었다.

"우리야. 행성 탐사대원 핀드리디와 카슨. 그리고 우리의 충직한 정찰대원 불트. 총 열세 편."

"총 여든 편입니다." 이블린이 말했다. "디스크 하나에 마흔 편씩 들어 있는데 제가 가장 좋아하는 것들만 추려왔어요."

"너도 봐야 해, 카슨. 특히 네 콧수염을." 내가 말했다. "이블린, 이걸 더 조용히 볼 방법은 없을까요? 불트 몰래 우리끼리만 조용히."

"방법이 있어요." 이블린이 말했다. "그러니까…."

"불부터 피우고 불트가 진짜로 저 우산 아래 있는지 내가 확인하기 전까진 아무것도 보지 마요." 카슨은 그렇게 말하고 또 성큼성큼 걸어갔다.

내가 나뭇가지들을 모아 모닥불을 피워놓자 카슨이 붉으락푸르락한 얼굴로 돌아왔다. 불트가 우산 아래 있었다는 뜻이었다.

"좋아요." 카슨이 이블린에게 팝업을 돌려주며 말했다. "그 유명한 탐사대원들 한번 봅시다. 하지만 조용히 틀어야 해요."

"에피소드 2." 이블린이 땅바닥에 팝업을 내려놓으며 말했다. "50퍼센트 축소하고 눈에 띄지 않게 감추기." 이번 화면은 더 작았고 작은 상자 안에 들어 있었다. 멋진 콧수염과 딱 달라붙는 바지가 벽에 난 틈을 기어 넘고 있었다. 카슨은 파란 털 조끼 차림이었다.

"멋진 콧수염을 가진 저 사람이 바로 너야." 내가 손가락으로 가리키며 말했다.

"슈트케이스를 죽이면 벌금을 얼마나 많이 물어야 하는지 알아요?" 콧수염이 말했다. 카슨이 딱 달라붙는 바지를 가리켰다. "저 여자는 누구야?"

"핀입니다." 이블린이 대답했다.

"핀?" 카슨은 박장대소했다. "핀이라고요? 그럴 리가. 봐요. 너무 깨끗하잖아. 게다가 너무 여성스럽게 생겼다고요. 핀이 여자인지 남자인지 모르겠는 때가 태반인데." 그는 또다시 큰 소리로 웃으며 손으로 다리를 쳤다. "그리고 저 가슴 좀 봐요. C.J.가 아닌 게 확실해요?"

나는 손을 뻗어 팝업을 탁 닫아버렸다.

"왜 닫은 거야?" 카슨이 배를 부여잡으며 말했다.

"잘 시간이야." 나는 이블린을 돌아보며 덧붙였다. "볼트가 못 가져가게 오늘 밤엔 제 부츠 안에 넣어둘게요." 그리고 나는 내 침낭 쪽으로 갔다.

볼트는 카슨의 침낭 옆에 서 있었다. 나는 혀 쪽을 힐끗 보았다. 우산은 아직도 그곳에서 밝게 빛나고 있었다.

볼트는 내 침낭을 들어 올려 밑을 살펴보더니 땅을 가리키며 말했다. "식물 훼손."

"아, 닥쳐!" 나는 그렇게 말하고 침낭 속으로 기어 들어갔다.

"부적절한 말투와 태도." 그리고 볼트는 우산이 있는 곳으로 돌아갔다.

카슨은 한 시간은 더 지치도록 웃었고 나는 그 한 시간 동안 자리에 누워 하늘의 달들을 바라보며 모두가 잠들기를 기다렸다. 그런 뒤 부스에서 팝업을 꺼내 땅 위에 펼쳤다.

"에피소드 8. 80퍼센트 축소하고 눈에 띄지 않게 감추기." 나는 속삭이듯 말하고 침낭 속에 누운 채 장대비 속에서 말 위에 앉아 있는 카슨과 나를 바라보며, 그게 몇 번째 탐사 때의 일이었는지 기억을 떠올리려고 애썼다. 우리가 있던 곳보다 높은 언덕 위에 파란 들소 한 마리가 서 있었고 아코디언이 그걸 가리키며 이렇게 말했다. "부우테어로 '술카세스'라고 해." 나는 어느 탐사에서 일어났던 일인지 금방 알아차렸지만 실제 상황은 팝업과 완전히 달랐다.

실제로는 불트의 말을 이해하는 데 네 시간이 걸렸다. 나는 카슨이 "찔크로세스?"라고 소리쳤던 걸 기억한다.

"쭈웃카케스!" 불트가 맞받아 소리쳤다.

"슈트케이스라고?" 카슨도 소리쳤다. 너무 화가 나서 부들거리는 콧수염이 떨어져 나갈 것만 같았다. "그렇다고 저걸 '슈트케이스'라고 부를 수는 없잖아!" 바로 그 순간 수천 마리의 슈트케이스가 언덕을 넘어 우리 쪽으로 우르르 몰려왔다. 내 조랑말은 그 자리에 멍청하게 서 있었고 그 바람에 우리 둘 다 짓밟힐 뻔했다.

팝업 버전에서 내 조랑말은 달아났다. 그리고 나는 카슨이 말을 타고 달려와 나를 뒤에 태워 갈 때까지 멍청한 얼굴로 거기 가만히 서 있기만 했다. 하이힐 부츠에 너무 꽉 끼는 바지를 입고 있어 달릴 수 없는 게 당연했고 카슨의 말마따나 너무 깨끗해 보였다. 하지만 아무리 그렇다고 해도 카슨이 그렇게까지 웃어 댈 필요는 없지 않은가.

카슨은 나를 번쩍 들어 올려 말에 태웠고 우리는 함께 달려갔다. 꽉 끼는 바지를 입고 머리카락을 뒤로 휘날리며.

 "여기 있는 건 하나같이 제가 예상했던 것과 완전히 달라요. 여러분만 빼고요." 킹스 X에서 이블린이 했던 말이다. 그리고 오늘 밤에는 이렇게 말했다. "두 분은 제가 상상했던 것과 정말 똑같아요." 팝업을 어떻게 다시 재생할지 고민하며 나는 생각했다. 꽤 멋진 말이라고.

★ 183차 탐사: 2일째

다음 날 정오가 되도록 우리는 여전히 혁를 건너지 못했고, 여전히 남쪽을 향해 가고 있었다. 카슨은 기분이 너무나도 엉망이라 나는 아예 그를 피해서 다녔다.

"늘 저렇게 신경질적인가요?" 이블린이 내게 물었다.

"걱정이 많을 때만 저래요." 내가 말했다.

실은 나도 슬슬 걱정되기 시작했다.

카슨의 수질 분석 결과 흔한 동식물 외에 다른 것은 발견되지 않았지만, 불트는 물속에 찌미쯔가 있다고 우기며 우리를 남쪽 지류로 이끌었다. 남쪽 지류에도 찌미쯔가 있었고, 불트는 그 지류를 따라 우리를 동쪽으로 이끌어 더 작은 지류 중 하나로 데려갔다. 이번에는 찌미쯔는 없었지만, 조랑말들이 지그재그로 내려가기에는 계곡의 경사가 너무 가팔랐다. 결국 불트는 북쪽으로 방향을 틀어 계곡을 건널 만한 지점을 찾기 시작했다. 이 속도라면 저녁때가 다 되어서야 다시 킹스 X에 도착할 판이었다.

하지만 내가 걱정하는 건 그게 아니었다. 진짜로 신경이 쓰이는 건 불트였다. 불트는 아침 내내 우리에게 벌금을 물리지 않았다. 심지어 우리가 텐트를 걷을 때조차도 불트는 쌍안경으로 남쪽만 바라보고 있었다. 그뿐이 아니었다. 사라졌던 카슨의 쌍안경이 다시 나타났다. 카슨은 아침 식사가 끝난 뒤 자기 침낭 속에서 쌍안경을 발견했다.

"핀!" 카슨이 쌍안경의 끈을 잡고 대롱대롱 흔들며 외쳤다. "역시 네가 가지고 있었군. 그럴 줄 알았어. 어디서 찾은 거야? 네 배낭에서?"

"난 우리가 킹스 X를 향해 떠났던 그날 아침 너한테 빌려준 이후로 그걸 본 적이 없어." 내가 말했다. "불트가 가지고 있었던 게 분명해."

"불트? 불트가 왜 그걸 가져갔겠어?" 카슨이 불트를 가리키며 말했다. 불트는 자기 쌍안경으로 포니파일 산맥을 주시하고 있었다.

나는 어떻게 된 일인지 영문을 알 수 없었고, 그래서 걱정이 되었다. 선주민들은 물건을 훔치지 않는다. 적어도 빅브라더가 알려준 바에 따르면 그랬다. 우리와 함께했던 모든 탐사에서 불트는 우리가 힘들게 번 돈 외에 다른 것을 앗아간 적이 없었다. 불트가 또 무슨 짓을 하기 시작할지 궁금했다. 이를테면 우리를 미탐사 지역 깊숙이 데려간 뒤 배낭과 조랑말을 빼앗는다든가,

혹은 누군가가 매복하고 있는 곳으로 우릴 유인한다든가.

그 문제에 관해 카슨과 이야기하고 싶었지만, 카슨에게 가까이 갈 수가 없었다. 그렇다고 위험을 무릅쓰고 먼지 폭풍을 또 일으키고 싶지도 않았다. 카슨과 나란히 가면 좋으련만, 불트는 자신의 조랑말을 카슨의 조랑말과 나란히 붙여놓고 내가 앞으로 나가려 할 때마다 나를 노려보았다.

내 옆에는 이블린이 딱 달라붙어 있었다. 그는 셔틀렌에 대해 이런저런 질문을 하거나, 침과 정액으로 커다란 공을 만든 뒤 암컷이 그걸 가지고 노는 동안 교미를 시도하는 수컷 행잉플라이처럼 흥미로운 짝짓기 습성을 가진 종들의 이야기를 늘어놓았다.

우리는 마침내 개울을 건널 수 있는 지점을 찾았다. 잠시 평평해진 지형을 따라 개울이 지그재그로 흐르는 곳이었다. 우리는 개울을 건넌 뒤 낮은 언덕들을 지나 남서쪽으로 향했고 나는 삼각측량을 한 뒤 지형을 분석하기 시작했다.

"우린 이제 미탐사 지역 안에 있어요." 내가 이블린에게 말했다. "C.J.의 이름을 붙일 만한 게 있는지 한번 둘러봐요. 그래야 C.J.랑 섹스할 수 있지 않겠어요?"

"그러지 않아도 섹스는 할 수 있어요." 이블린이 말했다. '당연히 그러시겠지.' 나는 생각했다.

"그래도 C.J.의 기분이 이해는 돼요." 이블린이 평원을 바라보며 말했다. "뭔가 흔적을 남기고 싶은 마음이요. 저 게이트를 통과하면 행성이 얼마나 거대한지, 우리가 얼마나 하찮은 존재인지 실감하게 되죠. 평생 이곳에 있으면서 발자국 하나 못 남길 수도 있잖아요."

"그 이야기를 불트한테 해보시죠." 내가 말했다.

이블린이 씩 웃었다. "발자국 정도는 남길 수 있겠죠. 하지만 영원한 건 없어요. 그래서 이번 탐사에 오고 싶었습니다. 이름을 남길 만한 무언가를 하고 싶었어요. 당신과 카슨처럼요. 뭔가 대단한 걸 발견해서 팝업에 나오는 게 꿈이었어요."

"말이 나와서 말인데요," 나는 몸을 숙여 돌 하나를 집으며 말했다. "어쩌다 우리가 팝업에 나오게 된 거죠?" 나는 그 돌을 배낭에 넣었다. "사람들이 어떻게 슈트케이스 이야기를 아는 거죠? 그리고 카슨의 발 이야기도요."

"저도 모르겠어요." 이블린이 마치 그런 질문은 한 번도 해본 적 없다는 듯 말했다. "여러분의 탐사 로그를 바탕으로 만들어지지 않았겠어요?"

하지만 내가 카슨을 정확히 24시간이 다 되어 찾아냈다는 사실은 로그에 남지 않았다. 물론 우리는 임시대원들에게 우리의 이야기를 해주었고, 여자 임시대원 한 명이 일기를 쓰긴 했다. 하지만 내가 카슨을 붙잡고 울었다는 이야기까지 카슨이 해줬을 리는 없었다.

이 지역의 언덕들은 듬성듬성 자란 식물들로 뒤덮여 있었다. 나는 홀로그램을 찍고 유스리스를 세운 뒤 조랑말에서 내렸다.

"뭐 하시려고요?" 이블린이 물었다.

"C.J.의 흔적을 남길 수 있게 이 행성의 조각들을 모아드리려고요." 나는 식물 몇 개의 뿌리를 파내 비닐봉지에 담으며 말했다. 그리고 돌멩이 두 개를 더 주워 이블린에게 건넸다. "이 중 C.J.처럼 보이는 게 있나요?"

나는 불트를 주시하며 다시 조랑말에 올라탔다. 불트는 내가 조랑말에서 내렸다는 걸 눈치채지 못했고 당연히 로그를 집어 들지 않았다. 대신 쌍안경으로 지류 너머의 언덕을 응시하고 있었다.

"무언가에 당신의 이름을 따서 이름을 붙이고 싶다는 생각을 해본 적은 없나요, 핀?" 이블린이 물었다.

"제가요? 제가 그런 걸 왜 바라겠어요? 브라이스 캐니언이나 하퍼스 페리 같은 곳이 누구 이름을 따서 지어진 건지 누가 기억이나 할까요?[22] 설령 지도에 이름이 박혀 있다고 해도요. 지형도에 이름을 올린다고 해서 그게 곧 사람들이 부르는 이름이 되지는 않아요. 세상일이 그런 식으로 돌아가지는 않거든요." 나는 포니파일 산맥을 가리켰다. "나중에 여기 오는 사람들이 저걸 '핀드리디 산맥'이라고 부를까요? 아마 그냥 '포니파일 산맥'이라고 할 걸요. 사람들은 생김새나, 거기서 일어난 사건, 아니면 선주민들이 부르는 소리를 따라 이름을 짓습니다. 규정에 있는 이름을 사용하지는 않는다는 거죠."

"사람들이라고요?" 이블린이 말했다. "무단침입자 말인가요?"

"무단침입자, 광부, 정착민, 그리고 쇼핑몰 사장님들도."

---

[22] 브라이스 캐니언은 모르몬교 개척자인 에베네저 브라이스의 이름을, 웨스트버지니아주의 도시 하퍼스 페리는 포토맥강을 가로지르는 연락선(페리)의 주인 이름을 따서 지어졌다.

"하지만 규정은 어떡하고요?" 이블린은 충격을 받은 표정이었다. "자연 생태계를 보호하고 선주민 문화의 주권을 지키기 위해 규정이 있는 거잖아요."

나는 불트를 가리키며 고개를 끄덕였다. "선주민들이 팝업 몇 개랑 샤워 커튼 몇십 장에 이 땅을 통째로 팔지 않을 거라고 확신하나요? 빅브라더가 아무 이유 없이 우리에게 탐사 비용을 대준다고 생각해요? 그들이 원하는 게 발견되는 순간, 규정이고 나발이고 상관없이 당장 들이닥칠 겁니다."

이블린은 언짢은 표정이었다. "마치 관광객처럼…." 그가 말했다. "팝업에서 은빛나무 숲과 벽을 봤던 사람들은 자기 눈으로 직접 보고 싶어 하겠죠."

"그리고 벌금을 받는 자기 모습을 홀로그램으로 찍겠죠." 나는 사실 부우테가 관광지로 적합하다고 생각해본 적은 없었다. "불트는 조랑말 똥도 말려서 기념품으로 팔 거예요."

"남들이 몰려오기 전에 먼저 와서 다행이군요." 이블린이 눈앞에 흐르는 강물을 바라보며 말했다. 지류를 사이에 두고 언덕은 양쪽으로 갈라져 있었다. 그곳에 찌미쯔가 있느냐 없느냐는 중요하지 않았다. 강물 전체를 가로질러 넓은 모래톱이 펼쳐져 있었기 때문이다.

조랑말들은 한번 빠지면 헤어나기 힘든 유사[23]라도 되는 양 모래톱을 조심스럽게 건너갔고, 이블린은 몸을 숙여 살펴보다가

---

23 바람이나 흐르는 물에 의하여 흘러내리는 모래

하마터면 조랑말에서 떨어질 뻔했다. "월로우백 암컷은 잔잔한 물에 알을 낳습니다. 그래서 구애 의식을 하는 수컷은 춤을 추며 모래로 댐을 쌓아 개울을 막아요."

"그게 바로 이건가요?"

"아니요. 이건 그냥 모래톱 같아요." 이블린이 안장 위에서 몸을 바로 세웠다. "셰일[24]에서 사는 암컷 도마뱀은 흙 위에 무늬를 긁어놓아요. 그러면 수컷이 셰일 위에 똑같은 무늬를 긁어두지요."

나는 이블린의 말에 귀를 기울이고 있지 않았다. 불트가 쌍안경으로 우리와 혀 사이에 있는 언덕들을 살펴보고 있었고, 카슨의 조랑말이 흔들거리기 시작했기 때문이다. "자, 지금이 기회예요, 이블린." 내가 말했다. "휴식 시간!"

카슨과 나는 먼저 지형 조사를 마치고 점심을 먹었다. 그런 뒤 나는 주머니에서 돌맹이들과 비닐봉지를 꺼냈고 카슨은 벌레 채집통을 비웠으며 우리는 이름을 짓기 시작했다.

카슨은 벌레부터 시작했다. "이걸 부르는 이름이 있어?" 카슨은 불트가 벌레를 입에 넣지 못하게 멀찍이 들고서 물었지만, 불트는 벌레 따위에는 관심이 없는 듯 쳐다보지도 않았다. 대신 딴 생각을 하는 사람처럼 카슨을 잠시 바라보다가, 증기가 새고 금속이 화강암을 긁는 듯한 소리를 냈다.

---

[24] 퇴적암 중 입자의 크기가 63마이크로미터보다 작고, 층과 평행하게 벗겨지는 암석

"찌므라아?" 카슨이 물었다.

"짜아기이." 불트가 말했다.

"시간 좀 걸릴 것 같은데요." 내가 이블린에게 말했다.

선주민들이 어떤 지명이나 사물을 어떻게 부르는지 알아내는 데 있어서 정작 중요한 점은, 불트의 말을 정확히 이해하는 게 아니라, 모든 단어가 똑같이 들리지 않도록 구분해내는 일이었다. 동식물 이름은 모두 눈보라 속에서 새는 증기 소리처럼 들렸고, 호수와 강은 게이트가 열리는 소리 같았으며, 바위는 트림 소리와 비슷한 'ㅂ'소리로 시작했다. 선주민들이 불트를 어떻게 생각하는지가 궁금해지는 대목이었다. 모든 이름은 서로 비슷비슷하게 들리는데다 우리 말과는 소리가 달랐는데 그래서 오히려 다행이었다. 그렇지 않았다면 모든 게 똑같은 이름을 갖게 될 뻔했다.

"짜아가아?" 카슨이 물었다.

"슈므라아." 불트가 답했다.

나는 이블린을 힐끗 보았다. 그는 돌멩이들과 봉지에 담긴 식물들을 보고 있었다. 수확물은 꽤 빈약했다. 유일하게 진흙 덩어리처럼 보이지 않는 돌은 각섬석[25]이었고, 하나뿐인 꽃은 다섯 장의 꽃잎이 너덜너덜했다. 하지만 이블린은 임시대원들이 흔히 하는 짓, 즉 처음 발견한 꽃을 생김새와 상관없이 무조건 국화(chrysanthemum)라고 이름 붙이고 '크리사'라고 줄여 부르는 일

---

25 칼슘, 마그네슘, 알루미늄 따위를 함유한 광석

따위는 할 성싶지 않았다.

카슨과 볼트는 마침내 그 벌레의 이름을 '짜아가아'로 정했고, 나는 벌레와 각섬석 조각의 홀로그램을 찍어 이름과 함께 전송했다.

볼트가 꽃을 들고는 고개를 가로저었다.

"선주민한테는 이걸 부르는 이름이 없어요." 카슨이 이블린을 보며 말했다. "어때요, 이블린, 뭐라고 부르고 싶으세요?"

이블린이 꽃을 보며 말했다. "글쎄요. 보통 무엇의 이름을 따서 이름을 짓나요?"

카슨은 약간 짜증이 난 듯 보였다. '국화'라는 대답을 예상한 게 분명했다. "고유명사는 안 되고 기술적인 용어도 안 돼요. 앞에 '뉴'를 붙인 지구 지명도 안 되고 가치 판단이 들어가는 이름도 금지입니다."

"그럼 남는 게 뭐죠?" 이블린이 물었다.

"형용사요." 내가 말했다. "모양, 초록색을 제외한 색깔, 그리고 자연에서 따온 이름들."

이블린은 여전히 그 식물을 살펴보고 있었다.

"모래톱 근처에서 자라고 있었으니 '샌드핑크'라고 부르는 건 어떨까요?"

카슨은 혹시라도 '샌드핑크'를 '크리사'로 바꿀 방법이 있을까 봐 고민하는 눈치였다. "지구에 핑크[26]라는 식물이 있지 않아,

[26] 패랭이꽃

편?" 카슨이 나를 향해 으르렁거리듯 말했다.

"맞아. 그럼 '모래꽃'이라고 부르는 게 좋겠어. 다음?"

불트는 돌들의 이름은 알고 있었지만, 불트가 우리의 말을 이해하는 데 한참이 걸렸다. 불트도 인내심이 바닥이 났는지 쌍안경을 들었다가 보지도 않고 내려놓기를 반복했고, 카슨이 뭐라고 하든 고개만 끄덕였다.

"빌른." 카슨이 말했고 나는 그걸 입력했다. "이제 다 한 거야?"

"이 지류의 이름을 정해야 해." 내가 손가락으로 가리키며 말했다. "불트, 부우테족은 이 강을 뭐라고 불러?"

불트는 벌써 조랑말을 일으켜 세운 뒤 올라타고 있었고 나는 한 번 더 물어봐야 했다. 불트가 고개를 저으며 조랑말에서 내려와 쌍안경을 집어 들었다.

카슨이 내 옆으로 다가왔다. "뭔가 이상해." 내가 말했다.

"나도 알아." 카슨이 얼굴을 찌푸리며 말했다. "불트는 아침 내내 안절부절못하고 있어."

불트는 쌍안경을 들여다보고 있었다. 그러고는 쌍안경을 눈에서 떼서 이번에는 귀에 갖다 대었다.

"가자고." 나는 그렇게 말하고 표본들을 챙기러 갔다. "출발이에요, 이블린!"

"지류 이름은 어떡하고요?" 이블린이 물었다.

"'모래톱 개울'이라고 하죠." 내가 말했다. "어서 가요."

불트는 이미 이동하고 있었다. 카슨과 나는 서둘러 표본들과 카슨의 쌍안경을 챙겼지만, 불트는 벌써 강둑에 오른 뒤 언덕 사이를 지나 서쪽을 향하고 있었다.

"다른 건요?" 이블린이 물었다.

"다른 거 뭐요?" 나는 표본들을 배낭에 밀어 넣고 카슨의 쌍안경을 안장뼈에 걸었다.

"다른 지류 말이에요. 부우테족에게 그 지류를 부르는 이름이 있을까요?"

"글쎄요, 아닐걸요?" 내가 유스리스에 올라타며 말했다. 카슨은 자기 조랑말을 다루느라 애를 먹고 있어서, 그를 기다리다가는 불트를 놓치게 될 판이었다. "가죠." 나는 이블린에게 그렇게 말하고 불트를 따라가기 시작했다.

"아코디언 개울." 이블린이 말했다.

"네?" 나는 불트가 어느 쪽으로 갔는지 알아내려고 애쓰는 중이었다. 불트의 쌍안경에서 반짝이는 빛이 왼쪽에서 보여 나는 조랑말을 그쪽으로 몰았다.

"다른 지류 이름 말이에요." 이블린이 말했다. "아코디언 개울 어때요? 물줄기가 이리저리 접혀 있는 듯한 모양이잖아요."

"기술적인 이름은 안 돼요." 내가 카슨을 돌아보며 말했다. 카슨의 조랑말이 멈춰 서서 똥을 한 무더기 쏟아내고 있었다.

"아, 그렇지. 그럼 지그재그 개울은 어때요?"

불트의 모습이 다시 보였다. 불트는 다음 능선 꼭대기에 올라 조랑말에서 내려선 채 쌍안경을 들여다보고 있었다.

"지그재그 개울은 이미 있어요. 북쪽 250-74구역에요." 나는 카슨에게 앞으로 오라고 손짓하며 말했다.

"그렇군요." 이블린이 실망한 듯 말했다. "이리저리 흐르는 걸 또 뭐라고 표현할 수 있을까요? 굽이굽이 개울? 구불구불 개울?"

마침내 우리는 불트를 따라잡았다. 나는 안장뼈에 걸어두었던 카슨의 쌍안경을 풀어 눈앞에 댔지만 보이는 건 언덕과 모래꽃뿐이었다. 나는 해상도를 올렸다.

"사다리 개울." 이블린이 내 옆에서 중얼거렸다. "안 돼. 그건 기술적이야…. 크리스크로스[27]…크리스크로스 개울 어때요?"

시도는 좋았다. 적어도 '국화'는 아니었다. 게다가 이블린은 카슨이 그곳에 없을 때까지 기다렸다가 내가 딴생각하고 있을 때 말을 꺼냈다. 확실히 생각보다 똑똑했지만 충분히 똑똑하지는 않았다.

"시도는 좋았어." 나는 여전히 쌍안경으로 언덕을 살피며 말했다. "살금살금 개울은 어때?" 마침 카슨이 우리에게 따라붙자 내가 말했다. "안 보고 있을 때 슬그머니 지나가는 것 같잖아."

불트는 쌍안경으로 찾던 걸 보았거나 아니면 포기한 듯했다. 그날 오후 내내 더는 앞쪽에 있으려 하지 않았고, 두 번째 휴식 후에는 아예 쌍안경을 배낭에 넣고 우산을 다시 꺼냈다. 휴식 시간 중 내가 어느 덤불의 이름을 물었을 때도 불트는 대답조차 하지 않았다.

이블린 또한 말이 없었는데 생각할 게 많았던 나에게 그건 차라리 잘된 일이었다. 불트는 진정된 듯 보이긴 했지만, 우리가

---

27 교차되는

휴식을 취하는 장소가 모래꽃으로 뒤덮인 언덕이었는데도 벌금을 물릴 생각은 전혀 없어 보였다. 게다가 두어 번 우산 아래서 나를 노려보는 불트의 시선이 느껴졌다. 불트는 자기의 조랑말이 일어나지 않자 조랑말을 발로 걷어찼다.

나는 불트의 짜증이 짝짓기 행동의 일종인지, 아니면 그저 불안해서 그러는 건지 알 수가 없었다. 어쩌면 그저 어느 암컷에게 잘 보이려는 게 다가 아닐 수도 있었다. 우리를 그 암컷이 있는 집으로 데려가고 있는지도 몰랐다.

나는 C.J.에게 연락했다. "선주민들의 위치를 알고 싶어."

"내가 알고 싶은 건 너희가 있는 위치야. 도대체 249-68구역에서 뭐 하는 거지?"

"혀를 건너려는 중이야." 내가 말했다. "혹시 우리가 있는 구역에 선주민들이 있어?"

"한 명도 없어. 전부 248-85구역 벽 근처에 있어."

적어도 248-76구역에는 없었다.

"특별한 움직임은 없고?"

"없어. 이블린과 이야기하게 해줘."

"알겠어. 아침에 우리가 이름 붙인 개울에 대해 이블린한테 물어봐."

나는 이블린에게 통신을 연결해주고 불트에 대해 생각을 좀 더 하다가 무단침입자들의 위치 정보를 다시 요청했다. 울프마이어는 여전히 스타팅게이트에 있었다. 어쩌면 벌금 낼 돈을 마련하느라 애쓰고 있는지도 모른다.

우리는 늦은 오후쯤 혀로 돌아갔지만, 여전히 지형이 험하고 혀는 너무 좁고도 깊어서 건널 수가 없었다. 우리는 벽과도 가까운 곳에 있었고(벽은 반대편 언덕을 위아래로 굽이치며 이어지고 있었다), 또다시 셔틀렌의 영역 안으로 들어온 듯했다. 이블린은 셔틀렌이 빙빙 도는 모습을 지켜보다가 불트가 작살로 잡지 못하게 쫓아내기를 반복했다.

불트는 벽처럼 언덕 꼭대기를 따라 굽이굽이 남쪽으로 향해 나아갔다. 내가 앞쪽에 있는 카슨에게 조랑말을 타고 가기엔 경사가 너무 가파르다고 소리치자, 카슨이 고개를 끄덕인 뒤 불트에게 무언가를 말했다. 그럼에도 불트는 앞으로 계속 나아갔고 10분 뒤 불트의 조랑말은 완전히 초주검이 되어 기절하듯 쓰러졌다.

나머지 조랑말들도 따라 쓰러졌고 우리는 조랑말들이 기력을 회복할 때까지 앉아서 기다려야만 했다. 불트는 우산을 가지고 언덕 중턱까지 올라가더니 우산을 펴고 그 아래에 앉았다. 카슨은 등을 땅에 대고 누운 채 모자를 눈 위에 얹었고, 나는 불트의 구매 주문서를 꺼내 한 번 더 살펴보며 단서가 될 만한 것을 찾으려 애썼다.

"벽 근처에 오면 항상 이렇게 셔틀렌을 보게 되나요?" 이블린이 물었다. 그는 C.J.한테서 들은 호된 꾸지람에서 회복한 듯 보였다.

"잘 모르겠어요." 나는 기억을 떠올리려 애쓰며 말했다. "카슨, 우리가 벽 근처에 있을 때마다 셔틀렌을 봤었나?"

"으응." 카슨이 모자를 얼굴에 덮은 채로 웅얼거렸다.

"짝에게 선물을 주는 종들 말인데요, 또 어떤 종류의 구애 행동을 하죠?" 나는 이블린에게 물었다.

"싸움, 짝짓기 춤, 그리고 성적 특성을 과시하는 행동들이죠." 이블린이 대답했다.

"이동도 포함되나요?" 내가 언덕 위의 불트를 바라보며 말했다. 우산은 언덕 위에 놓여 있었고 불도 켜져 있었지만, 불트는 우산 아래에 있지 않았다. "불트 어딨지?"

카슨이 모자를 쓰면서 일어나 앉았다. "어느 쪽으로 갔어?"

나도 일어서며 말했다. "저쪽이야. 이블린, 조랑말들을 묶어둬요."

"조랑말들은 아직 기절해 있어요." 이블린이 말했다. "무슨 일이에요?"

카슨은 벌써 언덕을 반쯤 올라가고 있었고 나도 황급히 카슨의 뒤를 따라갔다.

"이 골짜기를 따라 올라가." 카슨의 말에 따라 우리는 골짜기를 따라 기어 올라갔다. 골짜기는 두 언덕 사이로 이어졌고, 바닥에는 물이 졸졸 흐르고 있었다. 그러다 골짜기가 점점 넓어졌다. 카슨은 나에게 기다리라는 신호를 보낸 뒤 앞으로 100미터 정도 올라갔다.

"무슨 일이에요?" 이블린이 숨을 헐떡이며 내 뒤로 다가왔다. "불트에게 무슨 일이라도 생겼나요?"

"네. 하지만 정작 본인은 아직 모르고 있어요." 내가 말했다.

카슨이 돌아왔다. "우리가 예상한 대로야. 막다른 길이야." 그가 손가락으로 가리키며 말했다. "너는 저 위쪽으로 올라가봐. 나는 저쪽으로 돌아갈 테니."

"그러면 중간에서 만나자고." 내가 고개를 끄덕이며 말했다. 나는 골짜기 옆 비탈을 올라갔고 이블린이 내 뒤를 따라왔다. 몸을 반쯤 낮춘 채 언덕 능선을 따라 달려갔지만, 나중에는 두 손 두 발로 기어서 올라가야만 했다.

"뭐죠?" 이블린이 속삭였다. "니블러인가요?" 그는 들뜬 표정이었다.

"맞아요, 니블러." 나도 속삭이며 대답했다.

이블린이 칼을 꺼내 들었다.

"칼 집어넣어요." 내가 낮은 목소리로 쏘아붙였다. "그거 들고 있다가 넘어지면 당신이 먼저 죽을 수도 있어요." 이블린이 칼을 도로 집어넣었다. "걱정하지 마세요. 니블러는 해서는 안 되는 일을 하지 않는 한 위험하진 않으니까."

이블린은 어리둥절한 표정이었다.

"엎드려요." 내가 말했다. 우리는 벼랑 앞쪽으로 툭 튀어나온 바위까지 기어서 나아갔다. 골짜기가 넓어지는 공간이 한눈에 내려다보였다. 발 아래로 납작해진 게이트 영역이 보였고 나무막대에 방수포를 얹어 만든 임시 거처도 보였다. 그 앞에 불트가 서 있었다.

남자 한 명이 방수포 아래로 몸을 반쯤 들이민 채 서서 돌멩이 한 움큼을 불트에게 내밀었다. "석영[28]이야." 남자가 말했다.

---

[28] 이산화 규소로 이루어진 규산염 광물

"여기 같은 화성암 노두에서 발견되지." 그가 손을 뻗어 불트에게 홀로그램을 보여주려 하자 불트가 한 발짝 뒤로 물러섰다.

"이 근처에서 이런 걸 본 적 있나?" 남자가 홀로그램을 들어 보이며 말했다.

불트는 다시 한 발짝 뒤로 물러섰다.

"그냥 홀로그램일 뿐이야, 이런 멍청이." 남자가 불트에게 홀로그램을 내밀며 말했다. "이 근처에서 이런 걸 본 적 있냐고?"

그때 카슨이 배낭을 들고 공터로 느긋하게 들어왔다.

카슨이 걸음을 멈추고 말했다. "울프마이어!" 놀라움과 즐거움이 뒤섞인 목소리였다. "부우테에서 뭐 하고 있는 거야?"

"울프마이어?" 이블린이 내 옆에서 숨죽여 말했다. 나는 손가락을 입술에 갖다 대며 그를 조용히 시켰다.

"그게 뭐야?" 카슨이 홀로그램을 가리키며 말했다. "엽서라도 돼?" 그는 불트 옆으로 걸어갔다. "내 조랑말이 달아나서 찾으러 왔어. 불트도 마찬가지고. 그런데 너는 무슨 일이야, 울프마이어?"

우리가 있는 자리에서 울프마이어의 얼굴을 볼 수 없는 게 아쉬웠다. "내 게이트에 문제가 생겼어." 울프마이어는 한 발짝 물러나 방수포 아래로 들어가며 뒤쪽을 힐끗 돌아보았다. "핀은 어디 있지?" 그가 손을 천천히 옆으로 내리며 말했다.

"여기 있지." 나는 벼랑 아래로 뛰어내린 뒤 손을 내밀었다. "울프마이어, 이런 데서 만나게 될 줄이야." 그리고 위쪽을 향해 큰 소리로 말했다. "이블린, 이리 내려와서 울프마이어랑 인사하세요."

울프마이어는 위를 쳐다보지 않았다. 대신 옆으로 비켜선 카슨을 바라보았다. 이블린은 두 손과 두 발로 착지한 뒤 재빨리 일어섰다.

"이블린, 이쪽은 울프마이어예요. 인연이 꽤 오래됐죠. 그런데 부우테에서 뭐 하고 있는 거야, 울프마이어? 여긴 출입 제한 지역인데."

"카슨에게 말한 대로야." 그가 우리 둘을 번갈아 바라보며 경계하는 눈빛으로 말했다. "내 게이트에 문제가 생긴 것 같아. 메니왓으로 가려던 중이었어."

"정말이야?" 내가 물었다. "우리가 확인해보니 스타팅게이트에 있었던데?" 나는 불트 쪽으로 걸어갔다. "가지고 있는 게 뭐야, 불트?"

"내가 부츠를 털고 있었는데 불트가 보고 싶어 했어." 울프마이어가 여전히 카슨을 주시하며 말했다.

불트가 내게 석영 조각들을 건넸고 나는 그것들을 살펴보았다. "쯧쯧, 기념품 채취라니. 불트, 아무래도 울프마이어한테 벌금을 매겨야 할 것 같은데."

"말했잖아. 신발 안에 있었다고. 나는 내가 있는 위치를 파악하려고 돌아다니던 중이었어."

"쯧쯧쯧, 발자국을 남겼군. 지표면 교란이야." 나는 게이트 쪽으로 가서 게이트 밑을 들여다보았다. "식물 훼손도." 그러고는 몸을 기울여 게이트 안쪽을 보았다. "뭐가 문제였지?"

"내가 고쳤어." 울프마이어가 말했다.

나는 게이트 안으로 들어갔다가 다시 나왔다. "먼지 같은데, 카슨." 내가 말했다. "우리도 먼지 문제 때문에 골치를 앓고 있지. 칩에 먼지가 들어간 걸까? 우리가 여기 있을 때 점검해보는 게 좋을 텐데 말이야."

울프마이어는 천막을 한번 힐끗 보았다가 다시 이블린을 살핀 뒤 카슨을 바라보았다. 그러고는 허리춤에서 손을 뗴었다. "좋은 생각이야. 짐을 챙겨올게." 그가 말했다.

"안 그러는 게 좋을걸." 내가 말했다. "게이트에 과부하가 걸리면 안 되잖아. 짐은 나중에 따로 보내줄게." 나는 게이트 조작 패널로 다가갔다. "아까 어디로 가려던 참이라고 했지? 메니왓?"

울프마이어는 뭔가를 말하려고 입을 열었다가 다시 닫았다. 나는 좌표를 요청하고 데이터를 게이트에 입력했다. "이렇게 하면 다시는 여기 오게 되는 일이 없을 거야." 내가 말했다.

카슨이 울프마이어를 게이트로 데려갔고, 울프마이어는 게이트 안으로 들어갔다. 울프마이어는 손을 다시 허리춤으로 가져갔지만, 나는 게이트를 활성화한 뒤 자리를 피했다.

카슨은 벌써 천막으로 돌아가 울프마이어의 짐을 뒤지고 있었다.

"어떤 것들이 있어?" 내가 물었다.

"광물 표본들이야. 금을 함유한 석영, 휘은석[29], 백금 광석." 카슨은 홀로그램들을 훑어보았다. "그래서 그 녀석을 어디로 보

---

29 황화 은으로 이루어진 황화 광물

냈는데?"

"스타팅게이트로." 내가 말했다. "울프마이어가 갈 거라고 스타팅게이트에 말해줘야겠어. 누군가 빅브라더의 체포 기록에 손을 댔다는 사실도. 불트, 이 건에 대해 벌금을 계산해줘. 속달로 보내야 할 것 같으니까." 그리고 싸움이라도 벌어지길 바라듯 게이트가 있었던 자리를 보며 서 있는 이블린을 불렀다. "이블린, C.J.한테 연락하러 갑시다."

우리는 골짜기를 내려가기 시작했다. "정말 대단했어요!" 이블린이 바위 위를 기어가며 말했다. "그에게 그렇게 맞섰다는 게 믿기지 않아요. 팝업이랑 똑같았어요!"

우리는 골짜기를 빠져나와 언덕을 내려가서 이블린이 아까 조랑말들을 묶어놓았던 곳에 도착했다. 조랑말들은 여전히 누워 있었다.

"스타팅게이트에서 울프마이어에게 어떤 일이 일어날까요?" 내가 유스리스에서 송신기를 떼어내려 애쓸 때 이블린이 물었다.

"위치를 속이고 지표면을 교란한 것에 관해 벌금을 물겠죠."

"하지만 그는 무단침입자였잖아요!"

"울프마이어의 말에 따르면 아니에요. 당신도 들었잖아요. 게이트에 문제가 있었다고. 채굴을 했다거나, 거래를 했다거나, 탐사를 했다거나, 러기지를 총으로 쐈다거나 한 것처럼 큰일을 저지르지 않은 한 빅브라더가 게이트를 압수하는 일은 없을 겁니다."

"그러면 울프마이어가 불트에게 준 그 돌들은요? 그건 거래가 아닌가요?"

나는 고개를 저었다. "그는 볼트에게 돌들을 주지 않았어요. 그것들을 본 적이 있는지 물어봤을 뿐이죠. 마지막으로 볼트와 함께 있다 붙잡혔을 땐 땅에 기름을 붓고 불을 질렀는데 적어도 이번엔 그러지는 않았어요."

"하지만 그건 탐사가 아닙니까?"

"증명할 수 없어요."

"그래서 벌금을 부과받고 난 다음엔 어떻게 되는 거죠?" 이블린이 물었다.

"어떻게든 벌금을 낼 돈을 마련하겠죠. 아마 어디를 둘러봐야 할지 알고 싶어 하는 다른 무단침입자한테서요. 그러고는 다시 시도할 거예요. 우리가 어디 있는지 알게 됐으니 아마도 북쪽을 노릴 겁니다." '북쪽 248-76구역이겠지.' 나는 생각했다.

"막을 방법이 없다는 건가요?"

"이 행성에는 우리 네 사람뿐이고, 우리의 임무는 이곳을 조사하는 것이지 무단침입자들을 쫓아다니는 게 아닙니다."

"하지만…."

"그래요. 조만간 우리가 잡지 못할 무단침입자가 생겨날 거예요. 제가 걱정하는 건 울프마이어가 아닙니다. 선주민들은 그를 싫어해요. 얻고자 하는 게 있다면 스스로 찾아야 할 겁니다. 하지만 모든 무단침입자가 쓰레기는 아니에요. 대부분은 굶어 죽지 않으려고 더 나은 곳을 찾아서 오는 사람들이고, 언젠가는 은광이 어디 있는지 알아낼 겁니다. 아니면 선주민들에게 유전 지대를 보여달라고 하겠죠. 그러면 모든 게 끝장이에요."

"하지만 정부는…, 규정은 어쩌고요?"

"토착 문화와 자연 생태계를 보호하는 거요? 상황에 따라 다릅니다. 빅브라더가 채굴이나 시추 작업을 막으려면 병력을 보내야 해요. 다시 말해 게이트와 건물들이 생기고, 벽을 보러 오는 관광객이 생기고, 그리고 그들을 보호할 군대도 따라올 거라는 얘기죠. 그러다 보면 머지않아 여기가 로스앤젤레스가 되어버릴 겁니다."

"상황에 따라 다르다고 하셨잖아요. 그게 무슨 뜻이죠?" 이블린이 물었다.

"그들이 무얼 찾느냐에 달려 있어요. 만약 그게 중요한 거라면 빅브라더가 직접 와서 차지할 거예요."

"그러면 부우테족은 어떻게 되나요?"

"항상 일어났던 일이 똑같이 반복되겠죠. 불트는 영리한 수완가지만 빅브라더만큼 영리하진 않아요. 품절된 물건들에서 나온 돈을 불트를 위해 은행에 넣어두는 게 바로 그래서예요. 그래야 불트에게 싸울 기회라도 있을 테니까요."

나는 '전송' 버튼을 눌렀다. "탐사대에서 킹스 X 호출. 응답하라, 킹스 X." 그리고 이블린을 향해 웃으며 말했다. "실은 울프마이어의 게이트에 정말로 문제가 있었어요."

C.J.가 응답하자 나는 그녀에게 게이트를 통해 스타팅게이트로 메시지를 보내달라고 말한 뒤 이블린에게 통신을 넘겼다. 이블린은 C.J.에게 자세한 내용을 설명했다. "핀은 정말 대단했어요!

직접 보셨으면 좋았을 텐데!"

불트와 카슨이 돌아왔다. 불트는 로그를 꺼내 그것에 대고 말을 했다.

"뭐 찾은 거 있어?" 내가 물었다.

"배사 구조랑 다이아몬드 광맥 홀로그램. 기름통 몇 개. 그리고 레이저."

"광석 표본은 어때? 토착 광물이었어?"

카슨이 고개를 저으며 말했다. "전형적인 지구 광물 표본이었어." 그러고는 불트가 벌금 계산하던 걸 멈추고 우산을 가지러 언덕을 오르는 모습을 바라보았다. "적어도 이젠 불트가 왜 우리를 여기로 데려왔는지 알게 됐군."

"글쎄." 나는 얼굴을 찡그렸다. "불트도 우리만큼이나 울프마이어를 보고 놀란 것 같았어. 그리고 울프마이어도 확실히 우리를 보고 당황했고."

"아마 불트에게 해가 진 후 몰래 만나자고 했을 거야." 카슨이 말했다. "그건 그렇고, 우리도 이제 슬슬 출발해야 하지 않아? 울프마이어가 돌아와서 우리가 아직 여기 있는 걸 보면 안 되잖아."

"당분간은 돌아오지 않을걸." 내가 말했다. "게이트의 T-케이블이 헐거워져 있는데 스타팅게이트에 도착하기도 전에 빠질 거거든."

카슨이 미소를 지었다. "그래도 오늘 안에 벽 반대편에 도착하고 싶어."

"그거야 불트가 혀를 건너게 해준다면 말이지." 내가 말했다.

"못 건너게 할 리가 있겠어? 울프마이어도 이미 만났잖아."

"그럴 수도 있지." 내가 말했다. 하지만 불트는 500미터도 가지 않아 조랑말들을 강 너머로 이끌었고, 찌미쩨에 대해서는 한마디도 없었다. 덕분에 내 추측은 완전히 빗나갔다.

"아까 울프마이어와의 장면에서 가장 멋졌던 부분이 뭔지 아세요?" 우리가 첨벙거리며 강을 건너 다시 남쪽으로 향할 때 이블린이 물었다. "당신이랑 카슨이 함께했던 방식이에요. 팝업보다 훨씬 더 멋졌어요."

나는 어젯밤 그 팝업을 봤었다. 팝업에서 우리는 아코디언을 위협하는 울프마이어를 붙잡았고 주먹질과 발길질이 오가는 난투극이 벌어졌고 레이저가 번쩍였다.

"굳이 말하지 않아도 두 분은 서로가 무슨 생각을 하는지 다 알고 있잖아요." 이블린이 과장되게 손짓하며 말했다. "팝업에서도 두 분이 협력하는 모습을 보여주긴 하지만, 방금은 마치 서로의 마음을 읽고 있는 것 같았다니까요. 말하지 않아도 상대가 원하는 대로 움직였잖아요. 그런 파트너가 있다는 건 정말 멋진 일일 거예요."

"핀, 어디로 가려는 거야?" 카슨이 말했다. 그는 조랑말에서 내려 카메라를 풀고 있었다. "짝짓기 습관 이야기는 그만하고 어서 와서 도와. 오늘 밤은 여기서 캠핑할 거야."

캠핑하기에 나쁜 장소는 아니었고, 불트는 다시 내가 발걸음을 뗄 때마다 벌금을 매기고 있었지만, 나는 여전히 걱정되었다. 카슨의 쌍안경이 또 사라졌고, 불트는 우리가 캠프를 설치하고 저녁을 먹는 동안 우리 셋 사이를 왔다 갔다 하며 나를 살벌한 눈초리로 쏘아보았기 때문이다. 저녁 식사가 끝나자 불트는 사라졌다.

"불트 어디 갔어?" 나는 어둠 속에서 불트의 우산을 찾아보며 카슨에게 물었다.

"다이아몬드 광맥을 찾고 있겠지." 카슨이 랜턴 옆에 몸을 웅크린 채 말했다. 날이 다시 쌀쌀해졌고 포니파일 산맥 위로 커다란 구름이 몰려오고 있었다.

나는 여전히 불트 생각을 하고 있었다. "이블린, 당신이 연구하는 종 중에 구애 의식의 일부로 폭력적인 행동을 하는 종도 있나요?"

"폭력적이라고요?" 이블린이 말했다. "짝에게 폭력적인 행동을 행사하는 경우를 말하나요? 조이 황소는 짝짓기 춤을 추다가 실수로 짝을 죽이는 경우가 가끔 있고, 거미와 사마귀 암컷은 수컷을 산 채로 잡아먹기도 해요."

"C.J.처럼." 카슨이 말했다.

"암컷에게 잘 보이기 위해 다른 대상을 공격하는 경우에 관해 묻는 거예요." 내가 말했다.

"포식자들이 사냥감을 죽여 암컷에게 선물로 바치는 경우가 종종 있긴 하죠." 이블린이 말했다. "그걸 폭력이라고 볼 수 있다면 말이죠."

나에게 그건 폭력이다. 불트가 우리를 니블러 둥지로 이끌거나 절벽 아래로 떨어트려 우리 시체를 자기 여자친구 발 앞에 갖다 바치려는 거라면 특히나.

"불타올라." 불트가 어둠 속에서 모습을 드러내며 말했다. 그는 우리 앞에 나뭇가지 한 더미를 내려놓았다. "불타올라." 불트는 카슨에게 다시 그렇게 말하고는 쪼그려 앉아 화학 점화기로 불을 붙였다. 나뭇가지에 불이 붙자마자 불트는 다시 사라졌다.

"수컷 사이의 경쟁은 거의 모든 포유류에서 흔히 볼 수 있습니다." 이블린이 말했다. "코끼리물범, 영장류…."

"호모 사피엔스." 카슨이 끼어들었다.

"호모 사피엔스도 그렇죠." 이블린은 개의치 않고 말을 이었다. "엘크[30], 우드캣도 마찬가지예요. 일부는 실제로 한 쪽이 죽을 때까지 싸우기도 하지만 대부분의 싸움은 상징적이에요. 암컷에게 보여주려는 거죠. 더 강하고, 생식 능력이 더 뛰어나고, 더 젊다는…."

카슨이 자리에서 일어섰다.

"어디 가는데?"

"기상 관측하러. 포니파일 산맥 위에 떠 있는 저 구름이 영 마음에 안 들어." 포니파일 산맥 위의 구름은 너무 어두워서 보이지도 않았고, 카슨은 이미 기상 관측을 마친 상태였다. 우리가 야영지를 꾸릴 때 그가 관측하는 걸 내가 봤다. 혹시 불트를 걱정해서 확인하러 가는 게 아닌가 싶었지만, 불트는 바로 여기 있었다. 또 한아름 나뭇가지를 안고서.

30 사슴과의 북유럽의 큰 사슴

"고마워, 불트." 내가 말했다. 불트는 이블린을 노려보더니 나를 한 번 더 쏘아보고는 나뭇가지를 든 채로 걸어가버렸다.

나는 자리에서 일어났다.

"어디 가요?" 이블린이 물었다.

"울프마이어의 위치를 확인하려고요. 스타팅게이트에 도착했는지 확인하고 싶어요." 나는 부츠에서 팝업을 꺼내 이블린에게 던졌다. "자, 여기 딱 달라붙는 바지랑 멋진 콧수염이 함께 있어 줄 거예요."

나는 장비 쪽으로 갔다. 카슨은 아무 곳에도 보이지 않았다. 나는 로그를 열어 불트가 부과한 벌금 내역을 불러왔다. "일자별로 분류." 나는 말했다. "추가로 인물별로 분류." 그리고 한동안 그것을 지켜보며 불트와 쌍안경과 이블린이 말해준 짝짓기 습관에 대해 생각했다.

내가 모닥불로 돌아왔을 때 이블린은 단말기로 가득 찬 사무실 앞에 앉아 있었다. '핀드리디와 카슨의 모험'처럼은 보이지 않았다.

"저건 뭐예요?" 내가 그의 옆에 앉으며 물었다.

"에피소드 1. 저 사람이 당신이에요." 이블린이 여자 중 한 명을 가리키며 말했다.

이번에는 몸에 딱 달라붙는 바지를 입고 있지 않았다. 나는 짧은 치마에 C.J.가 입는 셔츠를 걸치고 있었는데 착륙 유도등까지 그대로 달린 채였다. 그리고 화면 속 지질학자와 이야기를 나누고 있었다.

카슨이 러기지 가죽으로 만든 조끼에 술 장식이 달린 바지, 그리고 니블러들이 굳이 물어뜯지 않아도 뚫릴 만큼 허술한 부츠를 신고 사무실로 어슬렁거리며 들어왔다. 카슨의 콧수염은 매끈하게 다듬어져 끝이 올라가 있었고, 여자들 모두가 카슨이 마치 커다란 뿔을 가진 수사슴이라도 되는 양 그를 보며 생글생글 웃고 있었다.

"새로운 행성에 함께 갈 사람을 찾고 있습니다." 그는 사무실을 훑어보더니 마침내 짧은 치마에게서 시선을 멈췄다. 단말기들 아래 어딘가에서 음악이 흘러나오더니 주변이 분홍빛으로 물들었다. 카슨은 짧은 치마의 책상으로 다가가 그녀를 내려다보며 블라우스 안을 슬쩍 들여다보았다.

잠시 후 카슨이 말했다. "나는 모험을 갈망하고 위험을 두려워하지 않는 사람을 찾고 있어요." 그가 손을 내밀었고 음악 소리는 더욱 커졌다. "나와 함께 가요." 카슨이 말했다.

"그때 이랬나요?" 이블린이 물었다.

이런 빌어먹을, 당연히 이러지 않았지. 카슨은 으스대며 걸어 들어와 내 책상에 턱 앉더니 진흙이 묻은 부츠를 책상 위에 척 올려놓았다.

"여기서 뭐 하는 거죠?" 내가 말했다. "또 벌금을 너무 많이 내셨나요?"

"아니요." 카슨이 내 손을 잡으려 하며 말했다. "조금 더 낸다 한들 어때요. 지성체들과 좀 더 가까워지는 대가로 말이죠. 어때요?"

나는 카슨의 손을 홱 뿌리쳤다. "진짜로 여기 왜 온 거죠?"

"파트너를 찾고 있어요. 새로운 행성이죠. 지표를 조사하고 이름을 붙이는 일인데, 관심 있는 사람 있나요?" 카슨이 나를 보고 싱글거리며 말했다. "혜택도 많아요."

"그렇겠죠." 내가 말했다. "먼지, 뱀, 건조식. 화장실도 없고."

"그리고 내가 있죠." 카슨이 그 잘난 웃음을 지으며 말했다. "에덴동산이에요. 같이 갈래요?"

"맞아요." 팝업 화면이 점점 더 분홍빛으로 변해가는 걸 바라보며 내가 말했다. "그랬지요. 딱 그랬어요."

"나와 함께 가요." 카슨이 다시 짧은 치마에게 말했다. 그러자 그녀가 자리에서 일어나 손을 내밀었다. 어디선가 불어온 바람에 그녀의 머리카락과 짧은 치마가 살랑살랑 나부끼기 시작했다.

"미탐사 지역으로 들어갈 겁니다." 카슨이 그녀의 눈을 바라보며 말했다.

"당신과 함께라면 두렵지 않아요." 그녀가 말했다.

"저게 다 무슨 소리야?" 카슨이 절룩거리며 다가왔다.

"당신과 핀이 저렇게 만났죠." 이블린이 말했다.

"그렇다면 저 착륙등이 핀이겠군요."

"기상 관측은 끝냈어?" 나는 내가 여자인지 아닌지 도통 구분이 되지 않는다는 소리를 카슨이 하기 전에 말을 끊었다.

"다 했어." 카슨이 불에 손을 녹이며 말했다. "포니파일 산맥에 비가 올 예정이야. 내일 북쪽으로 향하게 돼서 다행이야." 그는 아직도 손을 맞잡고 다정한 눈빛을 주고받는 카슨과 짧은 치마를 돌아보았다. "이블린, 이게 우리의 몇 번째 모험이라고 했죠?"

"두 분이 처음 만났을 때입니다." 이블린이 말했다. "당신이 핀에게 파트너가 되어달라고 부탁했을 때죠."

"부탁했다고?" 카슨이 말했다. "젠장, 난 부탁한 적 없어요. 빅브라더가 파트너는 반드시 여자여야 한다고 했죠. 성비 균형 때문이라나. 그게 뭔지는 모르겠지만, 부서에서 지형 탐사와 지질 분석을 할 줄 아는 유일한 여자가 핀이었어요."

"불타올라." 불트가 그렇게 말하며 가지고 온 나뭇단을 카슨의 다친 발 위에 던졌다.

★ 183차 탐사: 3일째

나는 카슨의 말을 듣지 않으려고 조랑말들 옆에 내 침낭을 폈다. 그리고 아침이 되자 이블린에게 말했다. "이블린, 나와 함께 타고 가요. 짝짓기 습관에 대해 전부 들어보고 싶거든요."

"오늘 아침은 쌀쌀하네." 카슨이 말했다.

나는 유스리스에 카메라를 단단히 고정하고 꽉 조였다.

"저 구름 모양이 영 마음에 안 드는데." 카슨이 포니파일 산맥을 바라보며 말했다. 산맥 위에 드리워진 낮은 구름이 점점 퍼져가고 있었다. 하늘의 절반이 흐렸다. "북쪽으로 가서 다행이야."

"간다, 남쪽." 불트가 남쪽을 가리키며 말했다. "벽."

"북쪽으로 가야 틈이 있다고 하지 않았어?" 카슨이 말했다.

"간다, 남쪽." 불트가 나를 노려보며 되풀이했다.

나도 똑같이 불트를 노려보았다.

"저 녀석 하는 짓이 영 마음에 안 들어." 카슨이 말했다. "밤새 사라지질 않나, 아침엔 내 침낭에 주사위를 한 무더기 놔두질 않나. 그리고 이블린이 그러는데 팝업이 없어졌대."

"잘됐군." 내가 유스리스에 올라타며 말했다. "이블린, 수컷들이 암컷에게 잘 보이려고 어떤 행동을 하는지 다시 말해줄래요?"

벽은 서쪽으로 최소한 2킬로미터 떨어진 곳에 있었고, 우리와 벽 사이에는 모래꽃과 분홍빛 흙뿐이었지만, 불트는 아침 내내 혀에 바짝 붙어 우리를 남쪽으로 이끌었다.

불트는 계속해서 살기 어린 눈빛으로 나를 쏘아보았고 조랑말이 더 빨리 가도록 연신 채찍질을 해댔다. 하지만 우리가 탄 조랑말들도 뒤처지지 않고 따라갔고, 아침 내내 한 번도 쓰러지지 않았다. 우리가 먼지 폭풍을 핑계 삼아 휴식을 취했던 것처럼, 불트도 가짜로 휴식 시간을 가졌던 게 아닐까 싶을 정도였다. 불트는 또 무엇을 속이고 있는 걸까.

정오 무렵이 되자 나는 휴식 시간이 주어지길 기다리는 걸 포기하고 배낭에서 건조식을 꺼내 점심을 먹었다. 우리가 식사를 마치자마자 개울 하나가 나타났지만, 불트는 물속을 들여다보지도 않고 그냥 건너갔다. 은빛나무도 드문드문 몇 그루 있었지만, 하늘 전체가 이미 회색으로 뒤덮인 상태라 그다지 눈에 띄지는 않았다.

"해가 나지 않아서 유감이네요." 나는 축 처지고 먼지로 뒤덮인 은빛나무의 회색빛 이파리들을 바라보며 이블린에게 말했다. "팝업에서 봤던 것과는 다르죠?"

"팝업을 잃어버려서 미안해요." 이블린이 말했다. "부츠에 넣어두었어야 했는데 침낭 아래에 두었네요." 그는 잠시 망설이다가 말을 이었다. "카슨의 파트너로 선정된 게 그런 이유 때문이었는지 모르고 계셨군요. 그렇죠?"

"그걸 말이라고 하세요?" 내가 말했다. "빅브라더는 늘 일을 그런 식으로 처리해요. C.J.는 혈통의 16분의 1이 나바호족이라는 이유로 뽑혔죠." 나는 앞쪽에 있는 카슨을 보았다.

"그러면 왜 부우테로 오셨어요?" 이블린이 물었다.

"카슨이 한 말 들으셨잖아요." 내가 말했다. "난 모험을 원했고 위험을 두려워하지 않았고 유명해지고 싶었어요."

우리는 잠시 조랑말을 타고 말없이 갔다. "그게 진짜 이유입니까?" 이블린이 물었다.

"화제를 바꾸죠." 내가 말했다. "짝짓기 습관에 대해 말해주세요. 스타시 행성에 사는 어느 멍청한 물고기는 상대는 자기한테 관심이 전혀 없는데도 실은 자기에게 구애하고 있다고 착각한다는 사실을 아십니까?"

은빛나무 숲을 지나 500미터쯤 갔을 때, 볼트가 서쪽으로 방향을 틀어 벽으로 향했다. 우리가 마주한 것은 벽의 불룩 튀어나온 부분이었는데, 그 부분 전체가 완전히 무너져 내려 있었고, 범람의 흔적이 남은 반짝이는 흰 돌무더기가 쌓여 있었다.

비록 혀에서 꽤 멀리 떨어져 있긴 했지만, 홍수로 인해 무너진 게 분명했다.

볼트는 드디어 무너진 벽을 넘어 우리를 북쪽으로 이끌었고,

우리가 건넜던 개울까지 벽을 따라 계속 올라갔다. 이블린은 벽의 앞면을 볼 수 있다는 사실에 한껏 들떠 있었다. 최근까지 누군가가 주거했던 흔적이 남아 있는 방은 몇 개밖에 되지 않았음에도 개의치 않았고, 우리가 무너진 틈을 지나갈 때 급강하하며 덤벼드는 셔틀렌 한 마리를 보자 더욱 신이 났다.

"이 녀석들의 영역이 어떤 식으로든 벽과 관련된 게 분명해요." 이블린이 방 안을 들여다보기 위해 몸을 옆으로 기울이며 말했다. "방 안에서 셔틀렌 둥지를 본 적이 있나요?"

그는 조금만 더 몸을 기울이면 당장이라도 조랑말에서 떨어질 것만 같았다. "휴식 시간!" 나는 카슨과 불트에게 외치며 고삐를 당겼다. "이리 와봐요, 이블린." 그리고 나는 말에서 내렸다. "규정상 방 안으로 들어가는 건 안 되지만 들여다보는 건 괜찮아요."

이블린은 앞쪽에 있는 불트를 바라보았다. 불트는 로그를 꺼내 들고 우리를 노려보고 있었다. "발자국을 남기면 벌금을 내야 하잖아요."

"카슨이 내면 돼요." 내가 말했다. "불트는 이틀 동안이나 카슨한테는 벌금을 물리지 않았어요." 나는 방 하나로 다가가 문 안을 들여다보았다.

그것은 진짜 문이라기보다는 벽 한가운데에 구멍을 뚫어놓은 것 같았고 바닥도 없었을뿐더러 내부는 달걀처럼 둥글게 휘어 있었다. 방의 바닥에는 모래꽃이 잔뜩 깔렸고 그 한가운데에는 불트가 지지난번 탐사 때 사들였던 미국 국기가 놓여 있었다.

"구애 의식이네요." 내가 말했다. 이블린은 둥글게 휜 천장을 올려보며 둥지가 있는지 찾는 중이었다. "다른 종의 보금자리에 둥지를 트는 새들이 여러 종 있어요. 요타나 행성에 사는 앵무새라든가 뻐꾸기처럼요."

우리는 조랑말들이 있는 곳으로 돌아갔다. 가랑비가 내리기 시작했다. 앞쪽에서는 불트가 배낭에서 우산을 꺼내 펼치고 있었다. 카슨이 조랑말에서 내려 우리 쪽으로 성큼성큼 걸어왔다. "핀, 도대체 지금 뭐 하는 거야?" 그가 우리에게 다가오며 말했다.

"휴식 중." 내가 말했다. "하루 종일 한 번도 안 쉬었잖아."

"앞으로 휴식 시간은 없을 거야. 드디어 북쪽으로 가고 있다고." 카슨은 유스리스의 고삐를 홱 잡아당기며 앞으로 끌고 갔다. "이블린, 당신은 여기 남아 후미를 맡아줘요. 핀은 나랑 같이 앞쪽에서 갈 거예요."

"난 여기 뒤쪽이 좋은데." 내가 말했다.

"안 됐군." 카슨은 내 조랑말도 앞으로 끌고 갔다. "넌 나랑 같이 가. 그리고 불트, 네가 앞장서. 나는 핀이랑 같이 갈 테니까."

불트는 나를 죽일 듯이 한 번 쳐다보고 우산을 펼쳤다. 그러고는 개울을 건넌 뒤 개울을 따라 서쪽으로 올라갔다.

"이제 올라타." 카슨이 자기 조랑말에 올라타며 말했다. "해지기 전까진 저 산맥에서 벗어나고 싶어."

"그래서 너랑 같이 타자고 한 거군." 내가 다리를 올리며 말했다. "어느 쪽이 북쪽인지 알려주라는 거야? 북쪽은 저쪽이야."

나는 북쪽을 가리켰다. 그쪽으로는 높은 절벽이 있었고, 절벽과 포니파일 산맥 사이로 희끄무레한 얼룩과 어두운 반점들이 군데군데 뒤섞인 잿빛이 도는 분홍빛 평지가 펼쳐져 있었다. 불트는 여전히 개울을 따라가며 평지를 비스듬히 가로질러 가고 있었다. 불트의 조랑말은 부드러운 땅에 깊은 발자국을 남겼다.

"고맙군." 카슨이 말했다. "요즘 네 행동을 보면 위아래도 구분 못 하는 것 같더니 북쪽은 아는 모양이네."

"그게 도대체 무슨 뜻이야?"

"이블린이 나타나서 짝짓기 습관 이야기를 시작한 후로는 온통 그것에만 신경 쓰고 있다는 뜻이야. 지금쯤이면 다툴 종도 다 떨어졌을 줄 알았는데."

"아직 다 안 떨어졌거든." 내가 쏘아붙였다.

"임시대원의 이야기에만 귀 기울일 게 아니라 조사를 해야지. 모르고 있을까 봐 알려주는 건데 우린 지금 미탐사 지역에 있어. 항공 자료도 없고, 불트는 우리보다 500미터나 앞서 나가고 있고…." 카슨이 앞쪽을 가리켰다.

불트의 조랑말은 시냇물에서 물을 마시고 있었다. 아직도 가랑비가 내리고 있었지만, 불트는 우산을 끄고 접었다.

"…불트가 어디로 가는지 누가 어떻게 알아. 우리를 함정으로 이끌 수도 있고, 식량이 다 떨어질 때까지 빙빙 돌게 할 수도 있다고."

나는 앞쪽에 있는 불트를 바라보았다. 불트는 개울을 건너 반대편으로 약간 올라가 있었고, 불트의 조랑말은 또다시 물을 마시고 있었다.

"어쩌면 울프마이어가 돌아왔고 불트는 우리를 그에게 곧장 데려가고 있는지도 모르지. 그런데도 넌 아침 내내 스크린을 한 번도 안 봤어. 지금은 지하 조사를 해야 할 때지 이블린이 성에 대해 떠드는 소리나 듣고 있을 때가 아니라고."

"저 사람 이야기를 듣는 게 네가 이래라저래라하는 소리를 듣는 것보다 백 배는 더 재밌거든!" 나는 로그를 켜고 지하 조사를 요청했다. 앞쪽에서는 불트의 조랑말이 멈춰 서서 또 물을 마시고 있었다. 나는 개울을 내려다보았다. 개울이 낮은 둑을 깎아내 드러난 암석은 이암[31]처럼 보였다. "지하 조사 취소."

"넌 아무것에도 관심이 없었어." 카슨이 말했다. "쌍안경도 잃어버렸지, 팝업도 잃어버렸지…."

"입 좀 닥쳐." 나는 평원의 끝까지 뻗어 있는 절벽을 바라보며 말했다. 평원은 절벽 밑까지 완만하게 기울어져 있었다. "지형 조사." 내가 말했다. "아니, 지형 조사 취소." 나는 가장 가까이 있는 희끄무레한 부분을 바라보았다. 빗방울이 달라붙은 곳마다 분홍빛으로 얼룩져 있었다.

"팝업은 부츠 안에 넣어뒀어야지. 만일 불트가 그걸 손에 넣게 되면…."

"닥치라고." 내가 말했다. 불트의 조랑말이 지나간 자리에 회갈색 흙 위로 15센티미터 깊이의 발자국이 남아 있었다. 더 앞쪽에 있는 발자국들은 바닥이 어두웠다.

---

31 미세한 진흙이 쌓여서 딱딱하게 굳어 이루어진 암석

"네가 주의를 기울였다면 울프마이어가…." 카슨이 말했다.

"이런 젠장!" 나는 "모래 폭풍!"이라고 소리친 뒤 통신 연결 해제 버튼을 힘껏 눌렀다. "제기랄."

카슨은 마치 자신을 향해 몰아치는 거대한 모래 폭풍을 보기라도 한 듯 안장뼈 위에서 움찔하더니 몸을 홱 돌려 나를 빤히 보았다.

"지하 조사." 나는 단말기에 대고 말했다. 그리고 조랑말의 발자국을 가리켰다. "오프라인, 기록 남기지 말 것."

카슨이 발자국을 응시했다. "전부 다 오프라인 상태야?"

"응." 나는 카메라를 확인하며 말했다.

"지하 조사를 하는 중이야?"

"그럴 필요도 없어." 내가 평원을 향해 손을 휘두르며 말했다. "바로 저 위에 있어. 젠장, 빌어먹을, 망할."

이블린이 다가와 물었다. "무슨 일이죠?"

"뭔가 꿍꿍이가 있을 줄 알았어." 카슨이 앞쪽에 있는 불트를 바라보며 말했다. 불트는 조랑말에서 내려 어두운 부분의 가장자리에 쭈그려 앉아 있었다. "저 녀석이 우릴 함정으로 이끌고 있다고 내가 말했잖아."

"뭡니까?" 이블린이 칼을 뽑으며 말했다. "니블러인가요?"

"아니요. 대단한 멍청이 두 명이죠." 카슨이 말했다. "로그는 켜져 있었어?"

"당연히 켜져 있었지." 내가 퉁명스럽게 쏘아붙였다. "여긴 미탐사 지역이라고. 지형 조사, 오프라인, 기록 남기지 말 것." 하지만 어떤 결과가 나올지 이미 알고 있었다. 기울어진 평원을 받치고 있는 절벽. 이암층. 소금. 침출수. 딱 울프마이어의 홀로그램에서 봤던 전형적인 배사 구조였다. 젠장, 젠장, 젠장.

"정말 뭡니까?" 이블린이 물었다.

화면에 지형이 나타났다. "지하층 오버레이." 내가 말했다.

"남쪽, 간다." 불트가 외쳤다.

고개를 들어보니 불트가 우산을 펼쳐 든 채 그것으로 절벽을 가리키고 있었다.

"저 교활한 녀석." 카슨이 말했다. "이젠 우리를 어디로 끌고 가려는 거지?"

"당장 여기서 나가야 해." 내가 말했다. 지하를 살펴보니 생각보다 상황은 더 심각했다. 우리는 길이가 15킬로미터나 되는 정사각형 지대의 한가운데에 있었다.

"우리가 따라오길 원하는 거야." 카슨이 말했다. "아마도 기름이 쏟아져 분출하는 분유정을 보여주려는 거겠지. 당장 여기서 나가야 해."

"알아." 내가 지하를 스캔하며 말했다. 절벽 전체를 따라 소금 돔이 뻗어 있었고 포니파일 산맥 기슭까지 이어지고 있었다.

"어쩌지?" 카슨이 말했다. "벽으로 돌아갈까?"

나는 고개를 저었다. 여기서 빠져나갈 유일하고도 확실한 방법은 왔던 길을 되돌아가는 것뿐이었다. 하지만 조랑말들은 되돌아가지 않으려 할 테고, 지하 조사 결과에 따르면 개울 남쪽에 이차 단층이 있었다. 우리가 비스듬히 이동할 경우 지층의 틈을 따라 유체가 스며 나오는 침전 지대에 빠질 가능성이 컸고 북쪽으로 가는 건 불가능할 게 뻔했다.

"거리 오버레이." 내가 말했다. "오프라인, 기록 남기지 말 것."

"하루 종일 오프라인 상태로 있을 수는 없어." 카슨이 말했다. "C.J.가 벌써 미심쩍어한다고."

"나도 알아." 나는 절박한 심정으로 지도를 보며 말했다. 서쪽으로 갈 수는 없었다. 너무 멀었고 지하 조사에 따르면 그 방향에 침출수가 있었다. "남쪽으로 가야 해." 내가 포니파일 산맥의 산기슭을 가리키며 말했다. "저 돌출부 위로 올라가야 해. 그래야 자연 지형대보다 높은 곳에 있을 수 있어."

"확실해?" 카슨이 화면을 보려고 다가오며 말했다.

"확실해. 저 바위들은 석고야." 그리고 석고는 흔히 배사 구조에서 발견된다. 젠장, 젠장, 젠장.

"그러면 그다음엔 뭘 어쩌자는 거지? 저 날씨에 포니파일 산맥으로 올라가겠다고?" 카슨이 낮게 깔린 구름을 가리키며 말했다.

"어디로든 가야 해. 여기 있을 수는 없어. 그리고 다른 길로 갔다간 더 골치 아픈 상황에 맞닥뜨리게 될 가능성이 커."

"좋아." 카슨이 조랑말에 올라타며 말했다. "가요, 이블린. 우리 출발합니다."

"불트를 기다려야 하는 거 아닙니까?" 이블린이 물었다.

"망할, 아니에요. 더는 불트 때문에 곤란해질 수 없어요. 자기가 알아서 빠져나오게 내버려두자고요. 빌어먹을 울프마이어." 카슨이 내게 말했다. "네가 앞장서. 우린 따라갈게."

"내 뒤에 바짝 붙어서 와." 내가 말했다. "그리고 내가 못 본 걸 보게 되거든 바로 소리쳐."

배사라든가 유전 지대 같은 것 말이다.

나는 화면을 바라보며 화면이 우리에게 갈 길을 보여주길 바랐고, 천천히 평원을 가로지르기 시작했다. 침전 지대를 주의 깊게 살피며 조랑말들이 갑자기 무릎까지 빠지거나 쓰러지지 않기만을 바랐다.

보슬보슬 비가 내리기 시작하더니 빗줄기가 굵어져 손으로 화면을 닦아야 했다. "불트가 따라오고 있어." 우리가 돌출부까지 절반 정도 갔을 때 카슨이 말했다.

나는 뒤를 돌아보았다. 불트가 우산을 내린 채 발로 조랑말을 차며 우리를 따라잡으려 하고 있었다.

"불트한테는 뭐라고 말하지?" 내가 물었다.

"나도 모르겠어." 카슨이 말했다. "망할 놈의 울프마이어. 이게 다 그 자식 때문이야."

'그리고 나 때문이야.' 나는 생각했다. '지형에서 나타난 징후들을 알아봤어야 했어. 불트의 행동을 보고 눈치를 챘어야 했는데.'

땅이 더 옅은 색으로 변했다. 나는 지질 분석을 통해 이암에 석고와 유황이 섞여 있다는 결과를 얻었다. 위험을 무릅쓰고 송신기를 다시 켜야 할지 고민이 되었다. 그때 유스리스가 발을 헛디뎌 침전 지대에 빠졌다. 다시 보슬비가 내리기 시작했다.

우리가 유전 지대와 빗줄기에서 빠져나와 돌출부에 있는 첫 언덕들에 도착하는 데는 한 시간 반이 걸렸다. 그 언덕들도 역시 석고였고 바람에 풍화되어 납작해진 소용돌이 모양의 둔덕이었다. 꼭 조랑말 배설물처럼 보였다. 이곳에는 비가 그리 많이 내리진 않은 듯했다. 석고가 바싹 말라 가루처럼 부서진 탓에 50미터쯤 올라가니 분홍빛 먼지로 뒤덮인 온몸이 석고 가루를 내뱉었다.

나는 개울을 찾아냈고 우리는 조랑말들의 발에 묻은 기름을 씻어내려고 물속으로 들어갔다. 조랑말들이 차가운 물과 경사에 멈칫거리는 바람에 결국 나는 유스리스에서 내려 끌고 걸어가야 했고 고삐를 잡아당기며 걸음을 옮길 때마다 놈을 향해 욕을 퍼부었다.

불트는 우리를 따라잡았다. 그는 이블린 바로 뒤에서 조랑말 고삐를 질질 끌며 생각에 잠긴 듯 카슨을 바라보고 있었다. 이블린도 뭔가를 곰곰이 생각하는 표정이었다. 나는 그가 무언가를 알아냈다는 뜻은 아니길 바랐고 그렇게 보이지도 않았다. 불트는 목을 길게 빼고 우리 머리 위에서 정찰 비행을 하고 있는 셔틀렌을 바라보았다.

송신기를 다시 켜야 했지만, 먼저 배사 지형이 카메라의 범위를 벗어났는지 확실히 하고 싶었다. 나는 유스리스를 맑은 웅덩이 위쪽으로 끌고 가 사방이 바위로 둘러싸인 작고 움푹한 곳에 들여놓은 뒤 송신기를 내렸다.

이블린이 다가왔다. "물어볼 게 있어요." 그는 다급하게 말했다. 나는 '젠장, 역시 보기보다 똑똑하군'이라고 생각했지만, 그가 한 말은 "여기서 벽이 가깝나요?"가 전부였다.

내가 모른다고 하자 이블린은 직접 확인하려고 바위를 올라갔다. 나는 생각했다. 그래도 최소한 카슨과 내가 위기 상황에서 얼마나 잘 협력했는지에 대해서는 아무 말 하지 않는군.

나는 지하 탐사 데이터와 지질 데이터를 지우고, 피해가 얼마나 심한지 확인하러 로그를 다시 실행한 다음, 송신기를 다시 연결했다.

"이번엔 또 무슨 일이야?" C.J.가 물었다. "또 먼지 폭풍 때문이라고는 하지 마. 비가 내리고 있었잖아."

"먼지 폭풍 때문은 아니었어." 내가 말했다. "나도 그런 줄 알았는데 빗줄기가 억수같이 쏟아져서 말이야. 내가 장비들을 덮기도 전에 우릴 덮쳐버렸어."

"아." C.J.가 마치 내게 선수를 빼앗긴 듯한 말투로 말했다. "네가 통과한 진흙탕에서 먼지 폭풍이 일어났을 거라고는 생각 안 했어."

"먼지 폭풍은 없었어." 내가 말했다. 그리고 우리의 위치를 알려주었다.

"거기서 뭐 하고 있는 거야?"

"급류를 만날까 봐 걱정됐어." 내가 말했다. "지하 탐사 데이터랑 지형 탐사 데이터는 받았어?" 내가 물었다. "빗줄기가 덮치기 전에 작업하던 것들이야."

C.J.가 확인하는 동안 침묵이 흘렀고 나는 손으로 입을 닦았다. 석고 맛이 났다. "아니." 그녀가 말했다. "지하 탐사 명령이

있고 취소된 기록이 있어."

"취소됐다고?" 내가 말했다. "난 아무것도 취소하지 않았어. 송신기가 꺼졌을 때 취소됐겠지. 항공 촬영 데이터는 어때? 포니파일 산맥에 대한 자료가 있어?" 나는 C.J.에게 우리의 좌표를 알려주었다.

또다시 침묵이 흘렀다. "혀 동쪽에 대한 자료가 하나 있긴 한데 너희가 있는 곳과 가까운 지역에 대한 자료는 없어." 그녀가 자료를 화면에 띄웠다. "이블린이랑 이야기할 수 있을까?"

"이블린은 조랑말들을 말리는 중이야. 아직은 아무것에도 네 이름을 붙이지 못했지만 노력은 하고 있더라."

"정말?" C.J.가 기분 좋다는 듯 말하더니 다른 질문 없이 통신을 끊었다.

이블린이 돌아왔다. "벽은 저 바위들 바로 너머에 있어요." 그가 바짓가랑이에서 먼지를 털어내며 말했다. "저기 위쪽 능선 꼭대기를 넘어가네요."

나는 이블린에게 가서 조랑말들을 마저 말리라고 한 뒤 로그를 다시 실행했다. 발자국은 정말 진흙처럼 보였고, 특히 빗방울이 회갈색 땅을 파고든 상태라 더 그랬다. 게다가 날씨도 흐려 무지갯빛도 보이지 않았다. 게다가 지하 탐사 자료도, 항공 사진도 없었다.

하지만 기록에는 내가 지하 탐사를 취소하라고 했던 내용이 남아 있었다. 그리고 지형 데이터가 그대로 로그에 남아 있으니 빅브라더가 볼 수도 있었다. 사암[32] 절벽과 회갈색 흙, 그리고 군데군데 남아 있는 증발한 소금까지.

나는 조랑말들의 발자국을 보았다. 얼핏 보면 진흙 같아 보일 수도 있겠지만 화질 보정을 한다면 절대 그렇게 보이지 않을 터였다. 그들이 화질 보정을 안 할 리가 없었다. C.J.가 가짜 모래 폭풍을 운운하고 우리가 송신기를 두 시간 넘게 꺼두었던 상황에서는 더 그랬다.

카슨에게 가서 말해야 했다. 나는 연못 쪽을 내려다보았지만, 카슨은 보이지 않았다. 굳이 찾아 나설 마음도 없었다. 어차피 그가 뭐라고 할지는 뻔했다. 배사 구조라는 걸 알아차렸어야 했다고, 주의를 기울이지 않았다고, 다 내 잘못이고 난 형편없는 파트너라고 말할 게 뻔했다. 그럼 뭘 기대했는데? 애초에 성별 하나 때문에 날 선택했으면서.

카슨이 바위를 힘겹게 기어 올라왔다. "볼트의 로그를 봤어." 그가 말했다. "저 밑에서 일어난 일에 대해서는 벌금을 하나도 매기지 않았더라고."

"알아." 내가 말했다. "이미 확인했어. 볼트는 뭐라고 해?"

"아무 말도 안 해. 벽에 있는 방 하나에 들어가 문을 등지고 앉아 있어."

나는 그것에 대해 곰곰이 생각했다.

"길을 안내해준 대가로 돈을 주지 않아 기분이 상했을 수도 있어. 울프마이어라면 유전 지대가 있는 곳을 알려달라고 돈을

32 모래가 뭉쳐서 단단히 굳어진 암석

주었을 거야." 카슨은 모자를 벗었다. 챙이 닿았던 자리에 석고 먼지가 띠를 이루고 있었다. "볼트한테는 빗줄기가 마음에 걸린다고, 평원이 홍수로 범람할지도 모른다는 생각에 여기로 올라왔다고 해뒀어."

"이제 비가 그쳤으니 곧장 다시 거기로 데려가지 않을 리가 없어." 나는 말했다.

"네가 포니파일 산맥에 대해 지질 조사를 하고 싶어 한다고 볼트한테 말했어." 카슨은 모자를 다시 썼다. "난 저 유전 지대를 지나갈 길을 좀 찾아볼게." 그는 내 옆에 쪼그리고 앉았다. "상황이 얼마나 심각해?"

"심각해." 내가 말했다. "로그에 평원의 기울기랑 이암이 다 찍혀 있고, 내가 지하 탐사를 취소한 것도 기록되어 있어."

"어떻게 수습할 방법이 없을까?"

나는 고개를 저었다. "송신기를 너무 오래 꺼놨어. 기록은 이미 게이트를 통과했고."

"C.J.는 어때?"

"C.J.한테는 비를 만났다고 했어. 조랑말 발자국이 진흙 같다고 생각하고 있더라고. 하지만 빅브라더는 안 속을 거야."

카슨이 돌아와 화면을 들여다보았다. "그렇게 심각해?"

"몹시 심각해." 내가 씁쓸하게 말했다. "아무리 바보라도 배사라는 걸 알 수 있을 정도야."

"그러니까 내가 알아챘어야 했다는 거네." 카슨이 발끈하며 말했다. "뒤쪽에 처져서 성에 관한 이야기나 하고 있던 사람은 내가 아니었거든." 그는 모자를 땅에 내던졌다. "내가 말했잖아. 저 사람 때문에 이번 탐사가 엉망이 될 거라고."

"이블린한테 책임 돌리지 마!" 내가 말했다. "스캐너가 그 빌어먹을 배사를 전부 찍는 동안 날 붙잡고 30분 동안이나 소리 지른 건 이블린이 아니었잖아!"

"아니었지. 그 인간은 새나 쳐다보고 팝업 구경하느라 바빴고! 오, 정말 큰 도움이 됐어! 이번 탐사에서 이블린이 한 거라곤 호시탐탐 너와의 섹스를 노리는 것뿐이었어!"

나는 삭제 버튼을 쾅 눌렀고 화면은 검게 변했다. "벌써 한번 했는지 안 했는지 네가 어떻게 알아?" 나는 카슨을 지나 성큼성큼 걸어갔다. "적어도 이블린은 나를 여자로 본다고!"

나는 바위를 성큼성큼 내려갔다. 너무 화가 나서 벌금이고 뭐고 상관없이 카슨을 죽여버릴 수도 있을 것 같았다. 그러다 결국 연못 옆에 있는 석고 언덕 위에 주저앉아 카슨이 내려갈 길을 찾으러 떠나기만을 기다렸다.

잠시 후 카슨은 내 쪽은 거들떠보지도 않은 채 개울을 따라 바위 위로 기어 올라갔고, 이블린이 벽에서 내려와 카슨에게 무언가 말하는 게 보였다. 하지만 카슨은 이블린을 밀치고 곧장 돌출부를 따라 나아갔고, 이블린은 그 자리에 멈춰 서서 당황한 듯한 표정으로 그를 바라보다가 아래쪽에 있는 나를 내려다보았다.

이블린이 해줬던 짝짓기 습관에 대한 모든 이야기 중 하나는 맞았다. 본능이 작동되기 시작하면 이성이니 뭐니 다 무시된다는 것. 그리고 상식도. 나는 배사를 알아보지 못한 나 자신에게 화가 났고, 카슨에게는 더 화가 났으며, 빅브라더가 그 로그를 보면 무슨 일이 벌어질지 생각만 해도 속이 울렁거렸다. 게다가 온몸은 말라붙은 석고 먼지와 기름 범벅이었고 조랑말 똥 냄새까지 진동했다. 하지만 팝업 속 내 얼굴은 언제나 깨끗하게 씻겨 있었다.

그렇다고 해서 내가 한 짓이 정당화될 리는 없었다. 나는 바지와 셔츠를 벗어 던지고 물웅덩이 속으로 걸어 들어갔다. 볼트에게 들키면 물길 오염 혐의로 벌금을 물게 될 테고, 카슨은 동식물 검사를 먼저 하지 않았다고 죽일 기세로 덤벼들겠지만, 볼트는 토라진 채로 벽에 있었고 물은 바닥의 돌 하나하나가 다 보일 정도로 맑았다. 둥글게 다듬어진 바위를 타고 흘러내린 물은 웅덩이를 채운 뒤 아래쪽의 깎인 물길을 따라 쏟아져 내려가고 있었다.

나는 가슴까지 잠기는 웅덩이 중간 지점까지 걸어 들어가 물속에 몸을 담갔다.

그리고 일어나 팔에 묻은 석고 가루를 문질러 씻어내고 다시 물속에 몸을 담갔다. 물 밖으로 올라와보니 이블린이 내가 앉아 있었던 석고 언덕에 기대 서 있었다.

"셔틀렌을 관찰하느라 벽에 있는 줄 알았는데요." 나는 두 손으로 머리를 쓸어 넘기며 말했다.

"거기 있었죠." 이블린이 말했다. "나는 당신이 카슨이랑 같이 있는 줄 알았어요."

"같이 있었어요." 나는 그를 바라보며 말했다. 그리고 두 팔을 뻗은 채 물속에 몸을 담갔다. "셔틀렌의 구애 의식이 뭔지 알아 냈나요?"

"아직이요." 이블린이 말했다. 그는 바위에 앉아 부츠를 벗기 시작했다. "치츠츠 행성에 사는 바다 유인원들은 물속에서 짝짓기한다는 거 알고 계세요?"

"정말 별의별 종에 대해 다 알고 계시는군요." 내가 물속에서 발을 움직이며 말했다. "아니면 그냥 지어내는 건가요?"

"가끔은요." 이블린이 셔츠의 단추를 풀며 말했다. "여자에게 잘 보이려고 할 때죠."

나는 물이 어깨까지 닿는 곳까지 헤엄쳐 간 뒤 일어섰다. 여기서는 물살이 더 빨랐다. 물살이 내 다리를 스치며 잔물결을 이루었다. "C.J.한테는 안 먹힐 거예요. C.J.를 감동시킬 수 있는 건 '크리사 제인 산'뿐이에요."

이블린이 셔츠를 벗어 던졌다. "제가 잘 보이고 싶은 사람은 C.J.가 아닙니다." 그는 양말도 벗었다.

"미탐사 지역에서 부츠를 벗는 건 좋은 생각이 아니에요." 나는 깊은 물을 헤엄쳐 그에게 다가가며 말했다. 또다시 물살이 내 다리를 스치며 잔물결을 만들어냈다.

"바다 유인원 암컷이 수컷을 물속으로 초대할 때 이렇게 헤엄쳐 다가가죠." 이블린은 그렇게 말한 뒤 바지를 벗어 던지고 물속으로 들어왔다.

나는 그 자리에서 일어서서 말했다. "들어오지 마세요."

"수컷이 물에 들어서면…." 이블린이 물속으로 걸어 들어오며 말했다. "…암컷은 뒤로 물러나요."

나는 물속을 들여다보며 가만히 서 있었다. 이번에는 무언가가 더 넓게 지그재그로 움직이는 게 느껴졌다. 나는 그런 움직임이 있을 법한 곳을 보았다. 하지만 보이는 거라곤 뜨거운 지면 위의 공기처럼 바위 위로 일렁이는 잔물결뿐이었다.

"뒤로 물러서요." 나는 손을 들어 올리며 말했다. 그리고 물살의 흐름을 흐트러트리지 않으려고 애쓰며 조심스럽게 이블린을 향해 걸어갔다.

"저기, 난 그럴 의도가 아니…."

"천천히." 나는 부츠에서 칼을 꺼내려고 몸을 숙이며 말했다. "한 번에 한 걸음씩."

이블린은 겁에 질린 눈으로 물속을 내려다보았다. "뭡니까?" 그가 물었다.

"갑자기 움직이면 안 돼요." 내가 말했다.

"뭐냐고요! 물속에 뭐가 있어요?" 이블린이 물을 마구 튀기며 물 밖으로 뛰쳐나와 바위 위로 뛰어올랐다.

흐르는 물살이 흐릿하게 일그러지며 내 쪽으로 재빨리 움직였고, 나는 첨벙 하고 물보라를 일으키며 칼을 내리꽂았다. 제대로 겨냥했기를 바라면서.

"도대체 뭐죠?" 이블린이 물었다.

피가 물속에 퍼지면서 그 녀석의 모습이 드러났다. 확실히 찌미쩨였다. 몸길이는 볼트의 우산보다 길었고 넓은 입을 가지고 있었다. "찌미쩨예요."

그것 또한 토착 동물이었다. 토착 동물을 죽였으니 이제 난 곤경에 빠진 셈이었다. 하지만 물속의 피와 보이지 않는 물고기는 결코 작은 문제가 아니었다. 나는 피가 번지는 곳에서 멀어져 물 밖으로 나왔다.

이블린은 여전히 알몸인 채로 바위 위에 쭈그려 앉아 있었다.
"죽었나요?" 그가 물었다.
"네, 죽었어요." 나는 셔츠로 머리를 닦은 뒤 셔츠를 입으며 말했다. "그리고 이제 나도 죽은 목숨이나 마찬가지예요." 나는 나머지 옷을 입기 시작했다.

그가 걱정스러운 표정으로 석고 더미에서 내려왔다. "다치신 건 아니죠?"

"안 다쳤어요." 나는 물속을 들여다보며 말했다. 차라리 다쳤다면 싶었다. 그랬다면 적어도 보고서에 '정당방위'라고 적을 수 있었을 텐데.

피는 웅덩이 아래쪽을 뒤덮으며 흘러넘쳐 개울을 따라 퍼지고 있었다. 찌미쩨 역시 떠내려가고 있었다. 주변에 다른 움직임은 보이지 않았지만, 그렇다고 다시 물속으로 들어가 건져낼 생각은 없었다.

나는 옷을 챙겨 입는 이블린을 뒤로 하고 조랑말들이 있는 곳으로 갔다. 녀석들은 모두 바위틈에 몸을 웅크리고 누워 있었다. 발은 아직도 젖어 있었다. 우리가 녀석들을 데리고 냇물을 따라 올라왔다는 사실이 떠올랐다. 볼트는 아무런 말도 하지 않았다. 이 탐사에 참여한 누구 하나도 제 역할을 하고 있지 않았다.

나는 갈고리와 불트의 우산을 챙겨 물속에 있는 찌미쩨를 건져 올리러 갔다. 이블린은 셔츠의 단추를 채우며 민망하다는 표정으로 불트를 바라보았다. 불트는 물이 흘러 내려가는 곳 근처에서 몸을 웅크린 채 핏물로 물든 웅덩이를 들여다보고 있었다. 나는 이블린에게 홀로그램 카메라를 가져오라고 했다. 그사이 불트는 천천히 몸을 펴더니 손에 든 로그를 내보이며 내 손에 들린 우산을 의미심장한 눈초리로 바라보았다.

"알아, 알아. 강제적 재산 압수." 그건 별로 중요하지 않았다. 불트의 벌금 따위는 토착 생명체를 죽인 데 대한 처벌에 비하면 아무것도 아니었으니까.

찌미쩨는 강둑 가까이 떠밀려와 있었다. 나는 우산 손잡이로 걸어서 찌미쩨를 강둑 위로 끌어올린 뒤 재빨리 한 발 물러섰다. 혹시라도 아직 죽지 않았을 수도 있으니까. 하지만 불트는 곧장 그것에게 다가가 팔을 펼치고 손으로 그 생명체의 옆구리를 찌르기 시작했다.

"찌미쯔." 불트가 말했다.

"말도 안 돼." 내가 말했다. "그렇다면 찌미쩨는 얼마나 크다는 거야?"

물 밖으로 나오자 이제야 녀석의 모습이 완전히 보였다. 길이는 1미터가 넘었고 투명한 젤리 같은 살을 가지고 있었다. 물과 굴절률이 동일한 듯했다.

"이빨." 불트가 녀석의 입을 뒤로 젖히며 말했다. "깨문다, 죽는다."

정말로 한입에 목숨을 끊어 놓을 만한 이빨처럼 보였다. 최소한 발 하나쯤은 물어뜯을 수 있을 듯했다. 입 양쪽에 길고 날카로운 이빨이 두 개씩 있었고, 그들 사이에 작은 톱니 모양의 이빨들이 줄지어 있었다. 조류를 먹고 사는 무해한 생물이 아니라는 사실이 그나마 다행이었다.

이블린이 카메라를 들고 돌아왔다. 그는 찌미쯔를 바라보며 내게 카메라를 건넸다. "엄청나게 크네요." 그가 말했다.

"그건 당신 생각이에요." 내가 말했다. "가서 카슨이나 찾아봐요."

"네." 그는 그렇게 말했지만, 그 자리에 서서 주춤거리고 있었다. "물에서 그렇게 뛰쳐나와서 미안해요."

"괜찮아요." 내가 말했다.

나는 홀로그램을 찍고 치수를 재고 저울을 가져와 무게를 달기 시작했다. 머리 쪽을 잡고 들어 올리려는 순간, 볼트가 "깨문다, 죽는다"라고 말하는 바람에 나는 찌미쯔를 퍽 하고 떨어뜨렸다. 그러고 나서 이빨을 다시 자세히 들여다보았다.

조류를 먹는 생물은 분명 아니었다. 양옆에 길게 난 것은 단순한 이빨이 아니라 송곳니였고, 독성 분석을 한 순간 독이 시험관을 그대로 녹여버렸다.

나는 찌미쯔의 꼬리를 잡고 바위 위로 끌어 올려 캠프로 가져간 뒤 보고서를 작성하기 시작했다. "토착 동물을 우발적으로 살상함." 나는 로그에 그렇게 입력했다. "상황…" 그러고는 화면을 바라보며 멍하니 앉아 있었다.

카슨이 돌아왔다. 그는 웅덩이 쪽에서부터 웅크린 채 기어서 바위를 올라오다가 찌미쯔를 보고는 갑자기 멈춰 섰다. "괜찮아?"

"응." 나는 화면을 보며 말했다. "이빨 건드리지 마. 산성 물질로 가득 차 있어."

"맙소사." 카슨이 낮게 중얼거렸다. "그러면 불트가 못 건너게 했을 때 혀에 있었던 게 이거였던 거야?"

"아니, 이건 작은 놈이야." 나는 그가 빨리 본론으로 넘어가길 바라며 말했다.

"넌 안 물렸어? 진짜 괜찮은 거 맞아?"

"정말이야, 괜찮아." 나는 그렇게 말했지만 사실 확신할 수는 없었다.

카슨은 쭈그리고 앉아 찌미쯔를 살펴보았다. "맙소사." 그는 같은 말만 되풀이한 뒤 나를 올려보았다. "이블린이 말하길 네가 이 녀석을 죽일 때 물웅덩이 안에 있었다는데 도대체 거기서 뭐 하고 있었어?"

"목욕하고 있었어." 나는 화면을 보며 말했다.

"네가 언제부터 미탐사 지역에서 목욕했는데?"

"석고 가루를 뒤집어쓰고 하루 종일 조랑말을 타고 다닌 뒤부터." 내가 말했다. "조랑말들한테서 기름을 씻어내리다 온몸이 기름투성이가 된 뒤부터. 그리고 내가 여자라는 걸 네가 알아보지도 못한다는 걸 알게 된 뒤부터."

카슨이 자리에서 일어섰다. "그래서 옷을 홀랑 벗고 이블린이랑 수영을 했다는 거야?"

"전부 벗진 않았어. 부츠는 신고 있었으니까." 나는 카슨을 노려보았다. "그리고 옷을 벗지 않아도 이블린은 내가 여자라는 걸 알아."

"아, 맞다, 까먹었네. 그 사람 성 전문가지. 그래서 웅덩이에서 그런 거야? 무슨 짝짓기 춤 같은 건가?" 카슨이 다친 발로 사체를 툭툭 찼다.

"그러지 마." 내가 말했다. "가뜩이나 걱정할 게 많은데 사체 훼손 신고서까지 작성하고 싶지는 않으니까."

"걱정할 게 많다고?" 카슨이 콧수염이 부르르 떨렸다. "네가 걱정할 게 많다고? 내가 뭘 걱정해야 하는지는 알아? 네가 다음엔 또 무슨 짓을 저지를지가 걱정이야." 카슨이 한 번 더 찌미쯔를 걷어찼다. "울프마이어가 코앞에서 게이트를 여는 걸 두고 보고, 우릴 유전 지대 한가운데로 끌고 가더니, 이번엔 목욕하다가 죽을 뻔했잖아!"

나는 단말기를 세게 쳐 끄고 자리에서 일어섰다. "그리고 쌍안경도 잃어버렸지! 그것도 잊지 마! 새 파트너를 원해? 그 말을 하고 싶은 거야?"

"새 파트너…?"

"그래, 새 파트너." 내가 말했다. "나처럼 너랑 같이 부우테까지 올 여자들이야 얼마든지 많겠지."

"모든 게 다 그것 때문이군." 카슨이 얼굴을 찡그리며 나를 보았다. "이블린 때문이 아니야. 내가 널 파트너로 선택한 이유에 대해 그날 밤 내가 했던 말 때문이야."

"날 선택한 건 네가 아니야, 기억 안 나?" 내가 격분해서 말했다. "빅브라더가 날 선택했지. 성비 균형 때문에. 하지만 실패한 게 분명해. 탐사 내내 넌 내 성별이 뭔지도 몰랐으니까."

"이제는 확실히 알겠네. C.J.보다도 심하게 구는군. 우린 백여든 번이나 같이 탐사를…."

"백여든네 번." 내가 말했다.

"우린 8년 동안 함께 건조식을 먹고 C.J.를 견디고 불트한테 벌금을 내면서 버텨 왔어. 내가 널 어떻게 선택했는지가 대체 무슨 상관이야?"

"네가 날 선택한 게 아니라고. 넌 내 책상에 발을 올려놓고 '갈래요?'라고 했고 난 그냥 따라왔을 뿐이야. 그런데 이제 보니 너는 내가 지형도를 그릴 줄 안다는 사실에만 관심이 있었어."

"내가 그것에만 관심이 있었다고?" 카순이 찌미쯔를 다시 걷어차자 커다랗고 투명한 젤리 조각 하나가 튀어 나갔다. "난 널 구하러 러기지 무리 속으로 뛰어들었어. 여자 임시대원들한테는 눈길 한번 안 줬고. 도대체 내가 뭘 어떻게 해주길 바라는 거야? 꽃이라도 보내줘? 죽은 물고기라도 갖다 바쳐야 해? 아참, 잠깐, 내가 깜빡했네. 물고기는 네가 하나 잡았지. 이블린이랑 맞붙어서 우리 둘 중 누가 더 젊고 두 발이 멀쩡한지 확인이라도 해보라는 거야? 뭘 어쩌라고!"

"나 좀 내버려둬. 보고서 마무리해야 해." 나는 화면을 바라보며 말했다. "네가 가버렸으면 좋겠어."

저녁 식사하는 동안 아무도 입을 열지 않았다. 내가 앉기 전에 석고 덩어리를 털어냈다는 이유로 불트가 벌금을 매긴 것만

빼면. 비가 내리기 시작했고, 카슨은 밤새 바위 돌출부 끄트머리로 나가 하늘을 바라보곤 했다.

이블린은 우울한 표정으로 구석에 앉아 있었고, 나는 보고서를 작성했다. 불트는 더는 불을 피울 생각이 없는 듯했다. 불트는 반대편 구석에 앉아 팝업을 보고 있었는데 카슨이 팝업을 빼앗아 덮어버리자 우산을 펼쳤다. 그 과정에서 거의 내 눈을 찌를 뻔했다. 그리고 불트는 벽을 향해 가버렸다.

나는 침낭 속에서 몸을 말고 보고서를 계속 작성하려고 했지만 너무나 추워서 잠자리에 들었다. 이블린은 여전히 구석에 앉아 있었고 카슨은 여전히 빗줄기를 바라보고 있었다.

한밤중에 목덜미로 물방울이 떨어지는 느낌에 잠에서 깼다. 이블린은 여전히 침낭 속에서 코를 골며 자고 있었고, 카슨은 구석에 앉아 팝업 화면을 펼쳐놓고 있었다. 빅브라더의 사무실에서 내게 함께 가지 않겠냐고 묻는 장면이었다.

★ 183차 탐사: 4일째

아침이 되자 카슨은 사라지고 없었다. 비는 억수같이 퍼부었고 바람도 불기 시작했다. 바위 밑 움푹 들어간 자리 한가운데로 물줄기가 흘러 들어와 뒤쪽에 웅덩이를 만들었다. 이블린의 침낭 끝자락은 이미 젖어 있었다.

날씨도 훨씬 더 추웠다. 나는 카슨이 장작을 구하러 갔다고 생각했는데 밖으로 나가 보니 그의 조랑말도 사라지고 없었다.

벽으로 올라가 불트를 찾아보았지만, 어느 방에도 없었다. 나는 웅덩이로 다시 내려갔다.

불트도 웅덩이도 보이지 않았다. 석고 때문에 하얗게 된 바위를 넘어 물이 사방으로 쏟아져 내려오고 있었다. 이블린이 몸을 웅크리고 앉아 있던 둔덕은 완전히 물에 잠겨버렸다.

나는 다시 벽 위로 올라가 능선을 따라 걸었다. 불트는 꼭대기에서 남쪽을 바라보고 있었다. 포니파일 산맥 쪽을 보고 있는 것 같았는데 구름이 너무 낮게 깔려 있어 산맥은 거의 보이지 않았다.

"카슨 어디 있어?" 나는 빗소리에 맞서 외쳤다.

불트는 서쪽을 보더니 우리가 어제 건넜던 유전 지대 쪽을 내려다보았다. "나, 모른다." 그가 말했다.

"카슨이 조랑말 한 마리를 데려갔어." 내가 소리쳤다. "어느 쪽으로 갔지?"

"카슨 떠나다, 나 못 보다." 불트가 말했다. "안녕, 없다."

"우리한테도 작별 인사 안 했어." 내가 말했다. "카슨을 찾아야 해. 너는 능선을 따라 올라가 봐. 나는 우리가 올라온 길을 확인할게."

하지만 우리가 올라왔던 길에도 물이 흐르고 있었고 조랑말이 내려가기에는 너무 미끄러웠다. 내가 이블린을 찾으러 돌출부로 갔을 때는 뒤쪽 절반이 물에 잠겼고, 이블린은 모든 짐을 비에 젖은 돌출부 위에 쌓고 있었다.

"장비들을 옮겨야 해요." 이블린이 나를 보자마자 말했다. "카슨은 어디 있죠?"

"나도 몰라요." 나는 더 높은 곳에 있는 또 다른 돌출부를 찾았다. 깊지는 않았지만 뒤쪽으로 경사가 져 있어서 우리는 송신기와 카메라들을 그곳으로 옮겼다. 나머지 장비를 가지러 다시 내려갔을 때 나는 카슨의 로그를 발견했다. 그리고 그의 마이크도.

불트가 비에 흠뻑 젖어서 돌아와 말했다. "카슨, 없다."

'우리가 자기를 찾아내는 걸 원치 않는 거야.' 나는 손 안에서 마이크를 뒤집어 보며 생각했다.

"이 돌출부는 안 되겠어요." 이블린이 말했다. "물이 옆쪽으로 쏟아지고 있어요."

우리는 개울에서 떨어져 있고 움푹 파인 공간으로 장비들을 다시 옮겼다. 그곳은 깊었고 바닥이 말라 있었지만, 오후가 되자 능선에서 비스듬히 흘러내린 물이 그 옆으로 강처럼 흐르기 시작했다. 아침이 되면 조랑말들과도, 물이 더 불어난다면 탈출로와도 완전히 단절되어 고립될 수도 있는 상황이었다.

나는 다시 마땅한 곳을 찾아 나섰다. 우리가 있었던 돌출부 두 곳에서 물이 쏟아져 내리고 있었고, 설령 개울 안에 찌미쯔가 없다고 해도 거길 건널 방법이 없었다. 나는 능선 위로 올라갔다. 그곳은 충분히 높았지만, 이렇게 탁 트인 곳에 계속 있을 수는 없었다. 나는 침낭 하나만 가지고 마이크도 없이 저 밖 어딘가에 있을 카슨을 떠올리지 않으려고 애썼다.

그때 셔틀렌 한 마리가 내 머리 위로 급강하하더니 다시 벽 쪽으로 돌아갔다. "안으로 들어가 있는 게 좋을걸." 내가 말했다.

나는 다시 움푹 파인 곳으로 내려가 이블린과 불트를 불렀다. "어서요." 나는 송신기를 집어 들며 말했다. "이동해야 해요." 나는 그들을 데리고 능선을 따라 벽으로 갔다. "이 안으로 들어가요." 내가 말했다.

"이거 규정 위반 아닌가요?" 이블린이 둥글게 된 문턱을 넘어서며 말했다.

"다른 것들도 규정 위반이기는 마찬가지예요." 내가 말했다. "물에 빠져 죽는 것도, 그래서 우리 시체로 수로를 오염시키는 것도 규정 위반이에요."

불트는 문턱을 넘자마자 장비를 내려놓고 로그를 꺼냈다. "부우테 소유지 무단 침입." 불트가 로그에 대고 말했다.

우리는 짐을 다 옮기기 위해 네 번이나 오가야 했지만 여전히 조랑말들이 남아 있었다. 녀석들은 물에 젖은 채 모두 한데 엉켜 누워 있었고 좀처럼 일어나려 들지 않았다. 우리는 조랑말들을 바위틈으로 밀어 올려야 했고 녀석들은 내내 버티며 반항했다. 겨우 벽까지 데려왔을 때는 날이 이미 어두워져 있었다.

"조랑말들이랑 같은 방에서 지내야 하는 건 아니죠?" 이블린이 희망 섞인 목소리로 말했다. 하지만 불트가 이미 한 마리씩 발을 들어 올려 문 안으로 옮기고 있었다.

"이 통로랑 옆 통로 사이에 문을 하나 뚫을 수 있지 않을까요?" 이블린이 말했다.

"부우테 소유지 훼손." 불트가 그렇게 말하며 로그를 꺼냈다.

"적어도 조랑말들이 있으니 먹을 것은 있네요." 내가 말했다.

"외계 생명체 파괴." 불트가 로그에 대고 말했다.

외계 생명체 파괴라니. 보고서나 마저 써야겠군.

"카슨은 어디 간 거예요?" 이블린은 카슨이 없다는 사실이 이제야 떠올랐다는 듯이 물었다.

"나도 몰라요." 나는 비 내리는 바깥을 내다보며 말했다.

"카슨이라면 찌미쯔를 보자마자 뛰어들어 죽였을 거예요." 이블린이 말했다.

'그래, 그랬겠지. 그러고는 동식물 검사를 안 했다고 나한테 소리 질렀을 거야.' 나는 생각했다.

"그랬다면 그걸 다루는 팝업이 만들어졌을 텐데." 이블린이 말했다. 나는 생각했다. '그래, 그랬겠지. 어떤 장면이 그려질지 뻔해. 그 딱 달라붙는 바지를 입었던 여자가 바지도 입지 않은 채 "도와줘요! 도와줘요!"라고 소리치고, 가짜 이빨을 가진 물고기 한 마리가 물속에서 튀어나오면, 카슨이 레이저를 들고 첨벙 첨벙 들어가 박살 내는 장면이 되겠지.'

"내가 당신한테 물에서 나가라고 했고, 당신은 그렇게 했어요." 내가 말했다. "그렇게 물 한가운데 있지만 않았다면 나라도 바로 뛰쳐나왔을 거예요."

"카슨이라면 안 그랬을 거예요." 이블린이 말했다. "당신을 구하러 갔겠죠."

나는 어둠과 빗줄기를 바라보았다. "맞아요." 내가 말했다. 그는 그랬을 것이다. 내가 어디 있는지 알았다면.

★ 183차 탐사: 5일째

다음 날 찌미쯔에 대한 보고서를 작성하는 데 온종일이 걸렸다. 차라리 잘된 일이었다. 이블린처럼 벽의 문 앞에 서서 비와 불어나는 물을 뚫어져라 쳐다보지 않아도 됐으니 말이다.

덕분에 나는 갑작스러운 홍수에 휩쓸려 익사한 스튜어트와 그를 찾아 나섰다가 끝내 발견되지 못한 그의 파트너 애니 세구라를 떠올릴 정신적 여유가 없었다. 그리고 혀를 따라 어딘가로 떠내려갔을, 아니면 절벽 아래에 앉아 있을 카슨에 대해서도.

방은 돌출부보다 별반 나을 게 없었다. 조랑말들은 설사를 했고, 셔틀렌은 우리 머리 위를 미친 듯이 앞뒤로 날아다녔다. 바닥이 곡면인 탓에 앉을 곳도 없었고, 바람에 빗물이 계속 들이쳤다. 이블린과 나는 불트가 구매한 샤워 커튼이 절실히 필요했다.

불트에게는 샤워 커튼이 필요 없었다. 불트는 우산 아래 앉아 하루 종일 팝업만 보았다. 카슨은 팝업도 두고 떠났다. 나는 불트에게서 팝업을 뺏으려다 벌금을 물었고, 그래서 이블린을 시켜 영상이 방 전체를 차지하지 않도록 설정하는 법을 불트에게 알려주었다. 하지만 이블린이 문밖을 내다보러 문가로 돌아오자마자 불트는 크기를 원래대로 돌려놓았다.

"그가 떠난 지 너무 오래됐어." 딱 달라붙은 바지가 조랑말들 틈에 있는 자기 말에 올라타며 말했다.

"거의 20시간이 지났어." 아코디언이 말했다. "본부에 보고해야 해."

"24시간이 넘었어요." 이블린이 문가에서 돌아와 말했다. "C.J.에게 연락해야 하지 않을까요?"

"그래야겠죠." 나는 R-28-X 양식, 즉 토착 동물 사체의 적절한 처리에 관한 보고서를 작성하기 시작했다. 쏟아지는 빗속을 뚫고 능선을 오르느라 찌미즈를 챙겨올 생각을 미처 하지 못했는데, 말인즉슨 물어야 할 벌금이 또 하나 생겼다는 뜻이다.

"C.J.에게 연락할 건가요?" 이블린이 물었다.

나는 계속해서 보고서를 작성했다.

저녁 무렵 C.J.가 연락을 해왔다. "스캐너가 하루 종일 똑같은 것만 보여줘." 그녀가 말했다.

"비가 내리고 있어. 우리는 동굴에서 비가 그치길 기다리고 있고."

"그래도 다들 무사한 거지?"

"우린 괜찮아." 내가 말했다.

"데리러 갈까?"

"아니."

"이블린이랑 이야기할 수 있어?"

"아니." 나는 이블린을 바라보며 말했다. "홍수가 얼마나 심각한지 살펴보러 카슨이랑 나갔어." 나는 통신을 종료했다.

"말하지 않았을 거예요." 이블린이 말했다.

"알아요." 나는 불트를 보며 말했다.

카슨과 핀이 그의 앞에 서 있었다. "미탐사 지역으로 가게 될 거요." 카슨이 손을 내밀며 말했다.

"당신과 함께라면 두렵지 않아요." 핀이 말했다.

"어떻게 하실 겁니까?" 이블린이 물었다.

"기다리는 수밖에요." 내가 말했다.

★ **183차 탐사: 6일째**

다음 날 아침 비는 잠시 잦아들었다가 다시 내리기 시작했다. 방 천장에 새는 곳이 생겼는데 하필이면 장비를 쌓아둔 곳 바로 위여서 장비들을 조랑말들 옆으로 옮겨야 했다.

방은 점점 비좁아지고 있었다. 밤사이 로드킬 네 마리가 문턱을 넘어 기어 들어왔고, 셔틀렌은 미친 듯이 날아다니며 방 천장을 빙빙 돌다가 이블린과 나를 향해 돌진했고, 절벽을 내려오는 팝업 속 핀에게도 달려들었다.

볼트는 팝업을 보고 있지 않았다. 볼트는 백번째로 자리에서 일어나 바깥으로 나가 능선 위에 서 있었다.

"볼트가 뭘 하는 걸까요?" 이블린이 셔틀렌을 바라보며 물었다.

"카슨을 찾는 거겠죠." 내가 말했다. "아니면 여기서 나갈 길을 찾거나."

빠져나갈 길은 없었다. 언덕마다 물이 세차게 흘러내렸고, 그 물은 포니파일 산맥의 절반을 통째로 쓸어가는 듯했다. 사납게 휘몰아치는 물줄기가 능선 끝을 가로질러 길을 막았다.

"카슨이 어디에 있을 것 같아요?" 이블린이 물었다.

"모르겠어요." 내가 말했다. 그날 밤, 어쩌면 울프마이어가 게이트를 고친 뒤 복수하러 돌아온 건지도 모른다는 생각이 들었다. 그리고 카슨은 혼자였다. 마이크도, 아무것도 없이.

이블린에게는 그 말을 할 수 없었다. 무슨 말을 어떻게 해야 할지 고민하고 있을 때 이블린이 불렀다. "핀, 이리 와서 이것 좀 보세요."

그는 천장에서 새는 물을 올려보고 있었다. 셔틀렌이 그곳을 향해 계속해서 돌진했다.

"천장을 수리하려는 것 같아요." 이블린이 생각에 잠긴 목소리로 말했다. "핀, 볼트가 씹어먹었던 녀석의 잔해 아직 가지고 있나요?"

"남은 게 별로 없어요." 나는 배낭을 뒤져 죽은 셔틀렌의 잔해를 꺼냈다.

"오, 다행이에요." 이블린이 잔해를 살펴보며 말했다. "볼트가 부리를 먹었을까 봐 걱정했어요." 그는 셔틀렌의 잔해를 손에 들고 벽에 기대어 앉았다.

팝업은 여전히 켜져 있었다. 핀이 카슨의 뭉툭한 발끝을 손으로 감싸며 울부짖고 있었다. "나는 괜찮아요." 카슨이 말했다. "울지 말아요."

팝업 화면이 꺼지더니 방 한가운데 글자가 나타났다. 엔딩 크레딧이었다. "각본: 캡틴 제이크 트레일블레이저."

"이걸 봐요." 이블린이 셔틀렌의 잔해 한 조각을 가져와 말했다. "부리가 모종삽처럼 납작한 거 보이죠? 분석을 해봐도 될까요?"

"그럼요." 나는 문 쪽으로 가서 밖을 내다보았다. 볼트는 비를 맞으며 개울이 가로지르는 능선 위에 서 있었다.

"진즉에 알아챘어야 했는데." 이블린이 화면을 보며 말했다. "문이 얼마나 높은지 보이죠? 왜 부우테족이 바닥을 이렇게 둥글게 만들었겠어요?" 그는 자리에서 일어나 물이 새는 천장을 다시 보았다. "부우테족이 방을 짓는 모습을 한 번도 본 적 없다고 하셨죠?" 그가 물었다. "맞나요?"

"네."

"제가 예전에 바우어새에 관해 이야기해준 거 기억하세요?" 이블린이 물었다.

"자기 몸집보다 50배나 큰 둥지를 짓는 새 말이에요?"

"그건 둥지가 아니에요. 구애용 방이지."

이블린이 무슨 말을 하려는 건지 감이 오지 않았다. 선주민들이 벽을 구애 장소로 사용한다는 건 이미 알고 있는 사실이었다.

"수컷 아델리펭귄은 구애 선물로 암컷에게 둥근 돌을 줘요. 하지만 그 돌은 자기 것이 아니에요. 다른 둥지에서 훔쳐 온 거죠." 그가 기대 어린 눈빛으로 나를 보았다. "누구 이야기 같아요?"

하긴 카슨과 나는 다른 누군가가 벽을 지었을 거라고 늘 이야기했다. 나는 셔틀렌을 올려보았다. "하지만 이런 걸 짓기에 저 녀석은 너무 작지 않나요?" 내가 말했다.

"바우어새의 방은 자기 몸집의 50배나 돼요. 이 벽이 1년에 방 두 개만큼씩 늘어난다고 하셨죠? 어떤 종들은 3년이나 5년에 한 번씩 짝짓기를 한답니다. 어쩌면 셔틀렌이 수년에 걸쳐 벽을 짓는 걸지도 몰라요."

나는 둥글게 휘어진 벽면을 바라보았다. 3년에서 5년간 공들여 만든 공간을 제국주의 선주민들이 들어와 차지해버리고 문을 부숴 더 크게 만든 다음 깃발을 세운다. 빅브라더가 이 이야기를 들으면 뭐라고 할지 궁금했다.

"그냥 하나의 가설일 뿐입니다." 이블린이 말했다. "크기와 강도에 대한 확률을 계산하고 벽의 구성 성분을 표본 조사 해봐야 해요."

"꽤 그럴듯한 가설인데요." 내가 말했다. "불트가 도구를 사용하는 건 한 번도 못 봤어요. 주문하는 것도 못 봤고요." 부우테족의 언어에서 '벽'을 뜻하는 단어는 '우리 것'이란 뜻을 지녔다. 하지만 그 단어는 카슨과 내 급여의 대부분을 가리킬 때도 쓰였다. 그리고 불트가 보고 있던 건 이블린의 팝업이었다.

"표본이 필요해요." 이블린이 무언가를 곰곰이 헤아리는 듯한 눈빛으로 우리 주위를 미친 듯이 맴도는 셔틀렌을 바라보며 말했다.

"그렇게 하세요." 내가 몸을 숙이며 말했다. "녀석의 목을 비틀어요. 보고서는 내가 작성할게요."

"일단은 홀로그램에 담고 싶어요." 그리고 이블린은 셔틀렌이 물 새는 곳을 쪼는 모습을 한 시간 동안 촬영했다. 내가 보기엔 아무런 변화도 없는 것 같았지만, 아침나절이 되자 천장은 더 이상 물이 새지 않았고, 새하얗고 반짝이는 물질이 작게 새로 덧대어져 있었다.

불트가 우산과 죽은 셔틀렌 두 마리를 들고 들어왔다.

"이리 줘." 내가 말하며 불트에게서 한 마리를 홱 낚아챘다.

불트는 나를 노려보았다. "강제적 재산 압류."

"정확히 봤어." 나는 그것을 이블린에게 건넸다. "'우리 것'이에요. 부츠 안에 넣어두는 게 좋을 거예요."

이블린은 내가 말한 대로 했고, 불트는 그를 노려보며 지켜보다가 나머지 한 마리를 입에 쑤셔 넣고 밖으로 나갔다. 이블린은 칼을 꺼내 벽을 얇게 깎아내기 시작했다.

비가 점차 그치고 있어서 나는 밖으로 나가 주위를 살펴보았다. 불트는 능선을 가로지르는 개울가에 서서 포니파일 산맥을 올려보았다. 그리고 내가 지켜보는 동안 첨벙거리며 개울을 건너 능선을 따라 걸어갔다.

개울물이 줄어든 게 분명했고 웅덩이는 확실히 수면이 낮아져 있었다. 아직도 뿌연 물이 모든 표면을 타고 흘러내렸지만, 이블린이 앉아 있었던 바위와 웅덩이 바닥을 볼 수 있었다. 서쪽 저편에서는 구름이 점차 옅어지고 있었다.

나는 다시 능선으로 올라갔다. 불트는 사라지고 없었다. 나는 방으로 돌아가 배낭에 물건들을 넣어 짐을 꾸렸다.

"어디 가시려고요?" 이블린이 물었다. 그는 주위를 살펴 불트가 없는 걸 확인한 뒤 다시 벽을 긁어내기 시작했다.

"카슨을 찾으러요." 나는 배낭을 등에 멜 수 있도록 끈을 조정하며 말했다.

"안 됩니다." 이블린이 칼을 든 채로 말했다. "그건 규정에 어긋나는 일이에요. 여기 계셔야 합니다."

"맞아요." 나는 내 마이크를 떼어 카슨의 마이크와 함께 이블린에게 건넸다. "오후까지 여기서 기다리다가 C.J.에게 연락해서 데리러 오라고 하세요. 킹스 X에서 6킬로미터밖에 안 떨어져 있어요. 금방 데리러 올 거예요." 나는 문턱을 넘어 밖으로 나갔다.

"하지만 카슨이 어디 있는지 모르지 않습니까." 이블린이 말했다.

"내가 찾아낼 거예요." 내가 말했다. 하지만 그럴 필요가 없었다. 카슨과 불트가 함께 머리를 맞대고 이야기하며 개울을 건너오고 있었다. 카슨은 다리를 절뚝거렸다.

나는 얼른 방으로 돌아가 몸을 수그리고 배낭을 바닥에 던져놓은 뒤 R-28-X 양식, 즉 토착 생물 사체의 적절한 처리에 관한 보고서를 열었다.

"지금 뭐 하시는 겁니까?" 이블린이 물었다. "저도 데려가주세요. 여긴 미탐사 지역입니다. 혼자서 찾으러 나서면 안 돼요." 그때 카슨이 문가에 나타났다. "오." 이블린은 깜짝 놀랐다.

카슨은 문을 넘어 방으로 들어선 뒤 불트가 보고 있던 팝업 한가운데로 들어갔다. 영상 속에서는 비가 내리고 있었고 핀은 러기지 2,000마리가 자신을 향해 돌진하는 걸 가만히 서서 보고만 있었다. 카슨이 안장에 올라타 핀을 향해 달려갔다.

카슨이 팝업을 탁 닫았다. "유전 지대가 얼마나 넓을 것 같아?" 그가 내게 물었다.

"8킬로미터, 어쩌면 10킬로미터. 절벽 길이가 그 정도 되거든." 내가 말했다. 나는 카슨에게 그의 마이크를 건넸다. "이거 잃어버렸더군."

카슨이 마이크를 달았다. "최대 8킬로미터라는 게 확실해?"

"확실하진 않아. 하지만 그 너머는 덮개암[33]이라서 누출은 없을 거야. 우리가 지하 탐사를 하려고 하지만 않는다면 괜찮을 거야." 내가 말했다. "거기 있었던 거야? 거길 지나갈 방법을 찾으려고?"

"정오 전에는 출발했으면 좋겠어." 카슨은 그렇게 말하며 불트에게로 갔다. "가자. 할 일이 많아."

둘은 구석에 쭈그려 앉았고, 카슨은 주머니에 든 것들을 꺼내 놓았다. 그가 어디를 다녀왔는지는 몰라도 많은 양의 동식물을 수집해 왔다. 비닐봉지에 든 식물 세 개, 일종의 유제류[34] 홀로그램, 그리고 주머니를 가득 채울 만큼의 돌들이었다.

카슨은 우리를 무시했지만 이블린은 표본을 해부하느라 바빠 신경 쓰지 않았다. 나는 모든 짐을 꾸리고 광각 렌즈가 달린 카메라들을 조랑말들에 장착했다.

---

[33] 석유광상을 덮어 석유가 못 빠져나가게 하는 불투성 암석
[34] 소나 말처럼 발굽이 있는 동물

카슨이 돌 하나를 집어 들더니 불트에게 건넸다. 투명하고 삼각형의 면을 가진 일종의 크리스털이었다. 원칙대로라면 광물 분석을 통해 이미 이름이 있는지 확인해야 했지만, 카슨이 일부러 나를 외면하고 있는 이런 상황에서 굳이 말을 꺼낼 생각은 없었다.

"부우테족은 이걸 뭐라고 불러?" 카슨이 불트에게 물었다.

불트는 카슨에게서 어떤 실마리를 찾기라도 하듯 머뭇거리더니 말했다. "씨쩨라아."

"짜아찔라?" 카슨이 되물었다.

부우테족이 크리스털을 부르는 이름인 '북'이라는 단어는 원래 트림 소리 같은 'ㅂ' 소리로 시작해야 하는데도 불트는 고개를 끄덕이며 말했다. "차짜라아."

"찌로오?" 카슨이 되물었다.

그들은 그 짓을 15분 동안 계속했고 나는 그동안 단말기를 내 조랑말에 묶고 침낭을 말았다.

"짜라아?" 카슨이 짜증 섞인 목소리로 물었다.

"맞다." 불트가 답했다. "짜라아."

"짜라아." 카슨이 말했다. 그는 일어서서 내 조랑말 쪽으로 가더니 그 이름을 입력했다. 그런 뒤 다시 불트가 쪼그려 앉아 있는 곳으로 돌아가 비닐봉지를 집어 들었다. "나머지는 나중에 하자고. 또 포니파일 산맥에서 밤을 보내고 싶진 않아."

'그러면 아까 그건 다 뭐였는데?' 나는 배낭에 식물을 넣는 카슨을 보며 생각했다.

이블린은 여전히 표본 작업 중이었다. "이제 출발할 겁니다. 갑시다." 내가 말했다.

"홀로그램 몇 개만 더 찍고요." 이블린이 카메라를 집어 들며 말했다.

"저 사람 뭐 하는 거야?" 카슨이 물었다.

"데이터를 모으는 중이야." 내가 말했다.

이블린은 벽 바깥쪽도 홀로그램으로 촬영해야 했고 외벽 표면에서 표본도 긁어내야 했다.

그가 작업을 다 끝내기까지 30분이 더 걸렸고, 카슨은 내내 안절부절못하며 조랑말들에게 욕을 퍼붓고 구름을 쳐다보았다. "비가 올 것 같아." 카슨이 연신 그렇게 말했지만 비는 오지 않았다. 확연히 비는 그쳤고 구름은 흩어지고 있었으며 웅덩이들도 벌써 말라가고 있었다.

정오가 조금 지나서야 우리는 마침내 출발했다. 볼트와 카슨이 앞장섰고 이블린은 뒤에서 따라오며 우리의 출발을 감독하는 셔틀렌과 벽을 홀로그램으로 찍었다.

능선을 가로질렀던 개울은 이제 가느다란 실개천이 되어 있었다. 우리는 실개천을 따라 혀와 합류하는 지점까지 내려간 뒤 다시 실개천을 따라 동쪽을 향해 가기 시작했다.

이곳에서 개울은 넓은 협곡을 형성했고 맞은편에는 조랑말들이 지나갈 수 있는 공간이 있었다. 볼트가 강둑에 무릎을 꿇고 앉아 물속을 살폈지만, 진흙이 가득한 분홍빛 물속에서 찌미쯔를 어떻게 찾으려는 건지 알 수가 없었다. 하지만 홍수에 찌미쯔들이 몽땅 하류로 떠내려갔는지 볼트가 가도 좋다는 신호를 보냈다. 우리는 조랑말들을 몰아 개울을 건너 협곡을 따라 올라가기 시작했다.

첫 1킬로미터를 지나자 강둑은 진흙을 찾아볼 수 없을 정도로 바위투성이가 되었고 구름도 차차 흩어지기 시작했다. 잠깐이지만 해도 나왔다. 이블린은 표본을 만지작거렸고 카슨과 볼트는 손짓을 섞어가며 어느 쪽으로 가야 할지를 의논했다. 나는 속이 부글부글 끓었다. 너무나 화가 나서 카슨을 죽여버릴 수도 있을 것 같았다. 지난 사흘 동안, 나는 카슨이 어느 협곡 어귀로 떠밀려가 니블러에게 반쯤 뜯어먹혔을지도 모른다는 상상에 사로잡혀 있었다. 그런데도 돌아온 후로 카슨은 도대체 어떻게 홍수를 뚫고 살아남았는지, 어디에 있었는지에 대해서 한마디도 하지 않았다.

우리는 오르막을 오르기 시작했고 어렴풋이 저 앞쪽에서 굉음이 들려왔다.

"저 소리 들려요?" 나는 이블린에게 물었다.

이블린은 화면에 머리를 박고 셔틀렌에 관한 이론을 정리하느라 바빠, 나는 한 번 더 그에게 물어야 했다.

"네." 이블린이 멍한 표정으로 고개를 들며 말했다. "폭포 소리처럼 들리네요." 그리고 몇 분 뒤 정말 폭포가 나타났다. 그저 작은 폭포였고 그리 높지도 않았지만 바로 위에서 강이 굽이치며 사라지고 있었기에 그건 그냥 거친 급류가 아니라 진짜 폭포였다. 비가 시작됐던 지점 위로 올라와 있는 터라 물은 깨끗하고 맑은 갈색을 띠었다.

석고 더미들이 지그재그로 물결치며 급류의 거품을 만들어내고 있었다. 꽤 보기 좋은 풍경이었다. 나는 이블린이 C.J.의 이름을 따서 폭포에 이름을 붙이려고 시도해볼 거라 예상했지만, 그는 화면에서 눈도 떼지 않았고 카슨은 아예 그곳을 지나쳐 갔다.

"이름 안 붙일 거야?" 내가 카슨에게 소리쳤다.

"무슨 이름?" 카슨이 되물었다. 아까 내가 굉음 소리가 들리냐고 물었을 때의 이블린처럼 어리둥절한 표정이었다.

"폭포."

"폭… 뭐?" 카슨은 재빨리 고개를 돌렸지만, 그는 바로 눈앞에 있는 폭포가 아니라 그 너머를 보고 있었다.

"폭포 말이야." 내가 엄지손가락으로 폭포를 가리키며 말했다. "폭포잖아, 폭포. 이름을 붙여야 하는 거 아니야?"

"당연히 붙여야지." 카슨이 말했다. "그냥 저 앞에 뭐가 있는지부터 보고 싶었을 뿐이야." 나는 그 말을 전혀 믿지 않았다. 내가 말을 꺼내기 전까지 카슨의 머릿속에는 이름을 붙여야 한다는 생각이 전혀 없었던 것이다. 나는 내가 폭포를 가리켰을 때 그의 얼굴에 떠오른 표정을 읽을 수가 없었다. 화가 난 걸까? 안도한 걸까?

나는 인상을 찌푸렸다. 내가 "카슨…." 하고 말을 시작하던 찰나에 그는 이미 몸을 돌려 불트를 보고 있었다.

"불트, 선주민들은 이걸 뭐라고 부르지?" 그가 물었다.

불트는 폭포가 아니라 카슨을 바라보며 의문에 찬 표정을 지었다. 이상했다. 그러자 카슨이 말했다. "볼트는 혀를 따라 이곳 상류까지 올라온 적이 없어. 이블린, 어떻게 생각해요?"

이블린이 화면에서 고개를 들었다. "제 계산에 따르면 셔틀렌은 6년에 방 하나를 만들 수 있어요." 그가 기쁨에 찬 목소리로 말했다. "검은갈매기의 번식 주기와도 일치하죠."

"크리스크로스 폭포 어때?" 내가 말했다.

카슨은 짜증 난 기색조차 보이지 않았다. 그건 더 이상했다. "석고 폭포는 어때? 아직 사용 안 한 이름인 거 맞지?"

"그렇다면 성체가 되기 전부터 짓기 시작해야 한다는 뜻인데." 이블린이 말했다. "다시 말하자면 태어날 때부터 짝짓기 본능이 활성화되어 있어야 한다는 뜻이에요."

나는 로그를 확인했다. "석고 폭포라는 이름은 없어."

"잘됐군." 그리고 카슨은 내가 입력하기도 전에 출발해버렸다.

잡초 하나에도 그렇게 빨리 이름을 붙인 적이 없었는데 하물며 이건 폭포였다. 게다가 이블린은 C.J.와 섹스 따위는 머릿속에서 완전히 지워버린 듯했다. 이름 붙일 폭포가 아직 많이 남아 있을 거라고 생각하는 걸까? 어쩌면 이블린의 생각이 맞을지도 모른다. 협곡을 돌아나가도 여전히 굉음 같은 물소리가 들렸고 다음 굽이를 돌자 굉음은 더 커졌다.

볼트와 카슨은 폭포 위쪽 멈춰 서서 뭔가를 상의하는 중이었다. "볼트 말이 이건 혀가 아니래." 우리가 올라가자 카슨이 말했다. "이건 지류고 혀는 더 남쪽에 있다는데."

볼트는 그렇게 말하지 않았다. 카슨은 조금 전까지만 해도 부우테족은 이렇게 멀리까지 올라온 적이 없다고 했었고, 불트는 입도 뻥긋하지 않았었다. 카슨은 딴생각에 잠긴 사람 같았다. 마치 유전 지대에 다다르기 전의 불트처럼.

카슨은 불트가 어느 방향으로 가고 있는지 확인조차 하지 않은 채 우리를 끌고 강을 건너 협곡 옆으로 올라가고 있었다. 꼭대기에 이르자 카슨은 멈춰 섰다. "이쪽이야?" 그가 불트에게 묻자 불트는 아까와 똑같이 의문이 담긴 표정으로 언덕 쪽을 가리켰다. 이제는 우리를 어디로 이끄는 걸까? 우리를 이끄는 이가 정말 불트라면 말이다.

이제 우리는 석고층 위로 올라왔고 미끄러운 경사면은 갈색을 띤 장밋빛 화성암으로 바뀌었다. 불트는 우리를 더 가파른 언덕의 갈라진 틈으로 이끌었고 은빛나무들이 무리 지어 자라는 곳을 향해 갔다. 소나무만큼이나 키가 크고 잎이 무성한 오래된 나무들이었다. 햇빛이 비쳤다면 눈이 부실 정도였을 거다. 곧 다시 해가 나올 것처럼 보였다.

"당신이 그토록 보고 싶어 하던 은빛나무들이 여기 있습니다." 내가 이블린에게 말했다. 그는 화면을 보며 무언가를 중얼거리다가 고개를 들어 나무들을 보았다.

"햇빛 아래서 보면 훨씬 멋지죠." 바로 그 순간 해가 구름 사이로 모습을 드러내며 나무들을 환하게 비추었다.

"내 말이 맞죠?" 나는 손을 들어 손차양을 만들며 말했다.

이블린은 아찔한 듯한 표정을 지었는데 그럴 만도 했다. 바람에 흔들리는 나뭇잎들이 빛을 반사해 희미하게 반짝였고 나무들은 C.J.의 셔츠처럼 빛났다.

"팝업이랑은 많이 다르죠?" 내가 물었다.

"벽에 반짝이는 질감을 주는 게 바로 이거였어요!" 이블린이 손바닥으로 이마를 치며 말했다. "유일하게 알아내지 못한 부분이었어요. 대체 무엇이 그렇게 반짝이게 만드는지 말이에요." 그는 홀로그램 촬영을 하기 시작했다. "셔틀렌은 이 나뭇잎을 씹어서 사용하는 게 분명해요."

은빛나무가 그렇게 보고 싶어 부우테까지 왔는데 그게 결국 이런 거였다니. 이블린이 자기는 까맣게 잊어버리고 나뭇잎을 씹어 뱉는 새한테 푹 빠져 있었다는 걸 C.J.가 알면 화가 단단히 나겠지!

조랑말들은 기다시피 느릿느릿 움직였고, 나는 잠깐 휴식 시간을 취하며 나무들을 구경하고 싶었지만, 볼트와 카슨은 나무들 사이를 그냥 그대로 지나쳤다. 볼트가 보지 않을 때 나는 이 파리를 한 움큼 따서 이블린에게 주었지만 설령 볼트가 봤다 하더라도 벌금을 물릴 것 같진 않았다. 볼트는 우리가 향해 가고 있는 앞쪽에 있는 개울을 보느라 바빴다.

그 개울은 능선 위에서 흐르던 작은 실개천만큼이나 작았고 물이 흐르는 방향도 이상했지만, 볼트는 그것이 혀라고 주장했다. 우리는 양옆에 있던 화성암 지대가 나무들을 가리기 시작할 때까지 나무들 사이를 지나 개울을 따라 구불구불 올라가기 시작했다. 화성암이 마치 오래된 붉은 벽돌처럼 네모난 더미를 이루며 쌓여 있었다. 나는 느슨하게 떨어져 있는 화성암 조각 하나를 집어서 분석해보았다. 진사와 석고 결정이 섞인 현무암이었다. 나는 카슨이 자기가 어디로 가고 있는지 제대로 알고 있기를 바랐다. 여기서는 되돌아갈 공간조차 없었으니까.

협곡 또한 점점 가팔라졌고 조랑말들도 불평하기 시작했다. 개울은 우렁차게 흐른다기보다는 졸졸 흘렀고, 계단 모양의 작은 폭포를 이루며 위쪽으로 이어져 있었고, 붉은 갈색의 바윗덩어리로 변한 강둑은 계단만큼 가팔랐다.

'조랑말들은 절대 지나가지 못할 거야.' 나는 그렇게 생각하며 혹시 그게 카슨의 꿍꿍이가 아닐까 하고 생각했다. 조랑말을 어깨에 들쳐메고 지나가야 할 정도로 좁고 가파른 협곡으로 일부러 우리를 이끈 게 아닐까. 그렇다면 카슨도 자기 조랑말을 직접 옮겨야 할 텐데 지금 조랑말을 걷어차며 욕설을 퍼붓는 모양을 보면 연기를 하는 것 같지는 않았다.

카슨의 조랑말이 멈춰 서더니 뒷다리에 힘을 싣고 힘껏 몸을 뒤로 젖혔다. 녀석은 뒤로 넘어져 나를 깔아뭉갤 것만 같았다. 카슨이 조랑말에서 내려와 고삐를 잡아당기며 소리쳤다. "이 돌대가리 같은 멍청이 새끼야, 어서 가지 못해!" 그는 조랑말의 얼굴 바로 앞까지 몸을 들이밀었고, 그 바람에 겁을 집어먹었는지 조랑말은 엄청난 양의 똥을 쏟아내고는 넘어질 듯 휘청거렸지만, 바위가 조랑말을 받쳐주어 쓰러지는 것만은 간신이 면했다.

"쓰러질 생각은 꿈에도 하지 마!" 카슨이 고함쳤다. "쓰러졌다가는 이 개울에 처넣어 찌미쯔 밥으로 줄 테니까, 어서 가!" 그가 고삐를 힘껏 잡아당기자 조랑말은 한 걸음 뒤로 물러섰고 그 바람에 건드려진 바위가 덜그럭거리며 개울로 굴러떨어졌다. 그러자 조랑말은 마치 쫓기기라도 하듯 돌층계를 뛰어 올라갔다.

나는 내 조랑말도 상황을 파악하고 눈치껏 행동하기를 바랐는데 정말 그랬다. 녀석은 꼬리를 들어 올리더니 똥 덩어리를 떨구었다. 나는 조랑말에서 내려 고삐를 잡았고 볼트는 자기 로그를 꺼내 들고 기대에 찬 눈빛으로 이블린을 보았다.

"어서요, 이블린." 내가 말했다.

이블린이 화면에서 눈을 떼고 놀란 듯 눈을 껌뻑거렸다. "어디 가는데요?" 그는 마치 우리가 아직도 은빛나무 사이를 거닐고 있는 줄 아는 듯했다.

"절벽을 올라가야 해요." 내가 말했다. "짝짓기 습관이에요."

"아." 이블린이 조랑말에서 내렸다. "셔틀렌의 비행 범위를 고려할 때 은빛나무들도 충분히 그 범위에 들어가요. 하지만 플라스터[35]의 성분을 확인하려면 테스트를 해야 하고 그건 킹스 X로 돌아가야 가능한 일이에요."

나는 유스리스의 입 아래 고삐를 단단히 묶고는 속삭였다. "이 게으르고 고장 난 가짜 말 같으니. 난 카슨이 지금까지 너한테 하겠다고 협박했던 걸 전부 다 할 거야. 거기다 카슨은 생각지도 못한 것까지 다 더해서 말이야. 그러니 우리가 이 협곡을 빠져나가기 전에 한 번이라도 더 똥을 싸봐. 목에서 안장뼈를 뽑아버릴 테니까."

---

35 석고, 회반죽, 흙 따위와 같이 물로 개어서 바르는 데 쓰는 재료

"뭐 하느라 이렇게 늦는 거야?" 카슨이 돌층계를 내려오며 말했다. 조랑말은 데리고 있지 않았다.

"난 이 조랑말을 데리고 올라갈 생각이 없어." 내가 말했다.

카슨이 바닥의 똥 더미를 피해 옆으로 비켜서더니 유스리스의 뒤쪽으로 가서 한참을 밀었다. "뒤로 돌려봐." 그가 말했다.

"너무 좁아." 내가 말했다. "조랑말들은 절대 되돌아가지 않는다는 거 너도 알잖아."

"그래, 그렇지." 카슨은 고삐를 잡은 뒤 유스리스를 돌려서 이블린의 조랑말과 코를 맞대게 했다. "이리 와, 말도 뭣도 아닌 이 짝퉁 소야." 카슨이 유스리스를 끌어당겼고 유스리스는 협곡을 따라 뒷걸음질로 올라갔다.

"생긴 것보단 똑똑하네." 나는 카슨이 이블린의 조랑말을 데려가러 다시 오는 걸 보며 그에게 그렇게 외쳤다.

"이제부터가 진짜야." 카슨이 말했다.

우리는 그 후로 더는 조랑말 때문에 골머리를 앓지 않아도 됐다. 녀석들은 속았다는 듯 머리를 떨구고 꾸준히 위로 올라갔지만, 그래도 500미터를 올라가는 데 한 시간이 넘게 걸려 제자리걸음 하는 느낌이었다. 개울은 좁아져 실개천이 되었고 절반은 바위틈 사이로 사라져버렸다. 분명 그건 혀가 아니었다. 카슨도 같은 생각을 했는지 협곡 옆쪽으로 사이드 협곡 같은 작은 길이 나타나자 우리가 왔던 방향을 거슬러 그 안으로 우리를 이끌었다.

그 길은 역시나 가팔랐고 두 배는 더 좁았다. 광물 표본을 채취하기 위해 멈춰 설 필요도 없었다. 조랑말을 타고 지나가며 다리로 광물을 긁어내기만 하면 됐다. 현무암 덩어리들은 점점 작아져 벽돌담처럼 보이기 시작했고, 그 사이사이로 카슨이 가져왔던 삼각형 면을 가진 크리스털이 지그재그 무늬를 이루고 있었다. 크리스털은 프리즘처럼 작용해 태양이 비추자 좁은 협곡을 가로질러 무지갯빛 조각들이 반짝이며 퍼져 나갔다.

협곡이 막다른 벽에 가로막혔다는 생각이 들 즈음 우리는 언덕을 올라 평지로 나왔고 다시 은빛나무 사이로 들어섰다.

우리는 넓은 오버행[36] 위에 있었고 나무들은 그 가장자리까지 자라 있었다. 오른쪽 아래로 멀리 혀가 보였고 폭포 소리가 우렁차게 들려왔다. 하지만 카슨은 그것을 무시하고 나무 사이를 가로질러 곧장 맞은편 가장자리로 향했다. 이제는 불트가 길을 안내하는 척 연기하는 것조차 포기한 듯했다.

'내 생각이 맞았어. 카슨은 우리를 절벽으로 이끌고 있는 거야.' 나는 그렇게 생각하며 나무 사이를 빠져나왔다. 카슨은 자기 조랑말을 나무에 묶어두고 절벽 가장자리에 서서 협곡 건너편을 바라보고 있었다. 이블린이 올라왔고 뒤이어 불트도 도착했다. 우리는 조랑말에 탄 채로 얼빠진 사람들처럼 멍하니 그 광경을 바라보기만 했다.

"어때, 놀랍지 않아?" 카슨이 놀란 듯한 목소리를 내며 말했다. "저것 좀 봐! 폭포잖아."

아까 석고 더미 위를 흐르던 그 작은 폭포가 폭포라면 이건

---

[36] 암벽의 일부가 처마처럼 돌출되어 머리 위를 덮은 형태의 바위

도대체 뭐라고 불러야 할지 말이 안 나왔다. 분명한 건 이게 혀라는 사실이었다. 강은 맞은편 은빛나무 숲을 구불구불 흐르다가 족히 1,000미터는 되어 보이는 깊은 협곡으로 곤두박질치고 있었다.

"맙소사!" 이블린이 들고 있던 셔틀렌을 떨어뜨렸다. "세상에 맙소사!"

나도 딱 같은 심정이었다. 어릴 때 나이아가라 폭포나 요세미티 폭포의 홀로그램을 본 적이 있었는데 굉장히 인상적이긴 했지만 그것들도 그저 물줄기에 불과했다. 그런데 이것은….

"세상에 맙소사!" 이블린이 한 번 더 외쳤다.

우리는 협곡 바닥에서 약 500미터 높이에 서 있었고 맞은편에는 장밋빛 벽돌처럼 생긴 절벽이 우리가 있는 곳보다 200미터나 더 높이 솟아 있었다. 혀는 그 절벽 꼭대기의 좁은 V자 틈에서 튀어나와 자살하듯 협곡 아래로 몸을 던졌다. 작은 폭포라고는 결코 착각할 수 없을 정도의 거대한 굉음이 울렸다. 굉음과 함께 안개와 물보라가 치솟았고 나는 그 습기를 피부로 느낄 수 있을 것만 같았다. 물줄기는 녹색과 흰색이 뒤섞인 소용돌이치는 강물에 거세게 부딪혔다.

태양이 구름 속으로 숨었다가 다시 나오자 폭포는 불꽃놀이처럼 폭발했고 물보라 위에 쌍무지개가 떠올랐다. 하나는 물이 햇빛을 굴절시키며 생긴 것이었지만 나머지 무지개들은 절벽에서 만들어진 것들이었다. 절벽에 거미줄처럼 얽혀 있는 프리즘 같은 크리스털들이 다이아몬드처럼 반짝이며 빛났고 그 빛은 무지개 조각이 되어 절벽과 폭포 위로, 공기 중으로, 그리고 협곡 전체로 쏟아져 내렸다.

"세상에나!" 이블린은 또다시 그렇게 외치며 조랑말의 고삐를 꽉 붙잡았다. 마치 그게 자신을 붙잡아줄 수 있기라도 하는 양. "제가 평생 본 광경 중 가장 아름다운 광경이에요!"

"이걸 우연히 발견하다니 우리가 운이 좋군." 카슨이 말했다. 나는 고개를 돌려 그를 바라보았다. 그는 엄지손가락을 허리띠 고리에 걸고 의기양양한 표정을 짓고 있었다. "아까 그 협곡을 따라 그대로 올라갔다면 이 광경을 완전히 놓쳤을 거야." 그가 말했다.

'운이 좋다고?' 나는 생각했다. '은빛나무 숲을 지나고, 돌계단을 올라가고, 마치 어디로 가는지 전혀 모르는 사람처럼 불트랑 이야기하더니. 내가 죽도록 걱정하며 벽에서 기다리던 동안 네가 했던 게 바로 이거야? 무지개를 쫓는 것?'

카슨은 혀를 따라가며 배사 지대를 돌아갈 방법을 찾다가 이곳을 발견한 게 분명했다. 그러고는 우리에게 이 절경을 보여줄 수 있는 가장 좋은 위치를 찾아 절벽을 오르고 사이드 협곡을 드나들며 이리저리 돌아다닌 게 분명했다. 우리가 혀를 따라 계속 올라갔다면, 그가 처음 폭포를 발견했을 때처럼 굽이 너머로 그 모습을 얼핏 보았거나 아니면 점점 커지는 굉음을 듣고 그게 무엇일지 겨우 짐작만 할 수 있었을 거다. 이렇게 눈앞에서 한꺼번에 터지는 무지개 천국의 경치는 보지 못했을 거다.

"정말 운이 좋지 않아?" 그렇게 말하는 카슨의 콧수염이 떨렸다. "이름을 뭐라고 짓고 싶어?"

"이름을 짓는다고요?" 이블린이 고개를 홱 돌려 카슨을 바라보았다. 나는 생각했다. '이제 새니 경치니 하는 건 다 끝났군. 다시 섹스 이야기로 돌아왔네.'

"그래요." 카슨이 말했다. "이곳은 자연적인 랜드마크니까 이름이 필요합니다. '무지개 폭포' 어때요?"

"무지개 폭포?" 내가 코웃음을 쳤다. "그보다 더 멋진 이름이어야지." 내가 말했다. "뭔가 더 크고, 어떻게 생겼는지 짐작할 수 있을 만한 그런 이름. 알라딘의 동굴 어때?"

"사람 이름을 따서 지으면 안 돼."

"프리즘 폭포. 다이아몬드 폭포."

"크리스털 폭포." 이블린이 여전히 폭포를 바라보며 말했다.

그 이름이 통과할 리는 만무했다. 늘 우리를 감시하는 빅브라더가 그것을 발견한다면, 크리사 제인 털이 조사팀에서 일했으니 그 이름은 적합하지 않다는 내용의 공문을 보내올 것이다. 이번에는 연관성이 증명될 것이고 우리는 매우 많은 벌금을 물게 될 것이다.

아쉬운 일이었다. 크리스털 폭포야말로 딱 맞는 이름이었기 때문이다. 그리고 빅브라더가 알아차리기 전까지는 이블린은 C.J.와 마음껏 섹스를 할 수 있을 터였다.

"크리스털 폭포라." 내가 말했다. "당신 말이 맞아요. 완벽한 이름이네요."

나는 카슨을 바라보며 그도 같은 생각을 하고 있을지 궁금해

했지만, 그는 전혀 듣고 있지 않았다. 그는 고개를 숙이고 로그를 들여다보는 불트를 보고 있었다.

"부우테족은 이 폭포를 뭐라고 불러, 불트?" 카슨이 묻자 불트는 고개를 들어 내 귀에는 들리지 않는 무슨 말을 하더니 다시 고개를 숙여 로그를 내려다보았다.

나는 침을 흘리며 협곡을 바라보는 이블린을 뒤로 하고 카슨과 불트가 있는 곳으로 가며 생각했다. '젠장, 결국엔 '죽은 수프 폭포'라고 불리거나 더 나쁜 경우엔 '우리 것'이라고 불리게 되고 말겠군.'

"불트는 뭐라고 해?" 내가 카슨에게 소리쳤다.

"암석 표면 훼손." 불트가 말했다. 불트는 벌금을 정리하고 있었다. "토착 식물 훼손."

나는 불트가 '부적절한 말투와 태도'를 덧붙일 거라고 생각했지만, 카슨은 전혀 짜증스럽지 않다는 표정이었다. "불트." 카슨은 소리를 질렀지만 그건 그저 폭포의 굉음 때문이었다. "저걸 뭐라고 부르냐고!"

불트는 다시 고개를 들어 폭포의 왼쪽을 멍하니 응시했다. 나는 그 틈을 타 불트의 손에서 로그를 낚아챘다.

"폭포를 뭐라고 부르냐고! 이 조랑말 대가리 같은 멍청이야!" 내가 손가락으로 폭포를 가리키며 말했다. 불트는 시선을 옮겨 폭포를 똑바로 쳐다보기는 했지만, 진짜로 무얼 보고 있었는지는 알 수 없었다. 구름일 수도, 절벽 중간에 튀어나와 있는 무슨 바위일 수도 있었다.

"폭포를 가리키는 단어가 부우테어에 있긴 있어?" 카슨이 인내심을 가지고 물었다.

"브와르르르." 불트가 말했다.

"그건 물을 의미하는 단어잖아." 카슨이 말했다. "폭포를 가리키는 단어는?" 그러자 불트는 이전처럼 의문에 가득 찬 이상한 눈길로 카슨을 바라봤다. 나는 깜짝 놀랐다. '불트는 자기가 무슨 말을 하길 카슨이 원하는지 알아내려고 애쓰는 거야.'

"너희 종족은 이 산맥에 와본 적이 없다고 네가 말했잖아." 카슨이 불트에게 상기시켜주었다. 그러자 불트는 자신이 해야 할 말을 방금 기억해내기라도 한 듯한 표정을 지었다.

"모른다, 이름."

"이걸 '모르는 이름'이라고 부를 수는 없어요." 이블린이 우리 뒤편에서 말했다. "뭔가 아름다운 이름을 주어야 해요. 뭔가 웅장한 것!"

"그랜드 캐니언!" 내가 말했다.

"'궁극의 아름다움'이라든가." 이블린이 말했다. "아니면 '무지개의 끝'이라든가."

"'궁극의 아름다움'이라." 카슨이 생각에 잠긴 표정으로 말했다. "나쁘진 않네요. 불트, 그러면 협곡은 어때? 부우테족은 협곡을 뭐라고 불러?"

불트는 자기가 해야 할 말을 알고 있었다. "없다, 없다."

"크라운 주얼스 협곡." 이블린이 말했다. "스타샤인 폭포."

"그건 정말로 선주민 이름이어야 해요." 카슨이 경건하게 말했다. "빅브라더가 한 말을 기억해요. '모든 식물과 동물과 자연 지형물에 이름을 붙일 때는 선주민들이 어떤 이름을 사용하는지 밝히기 위해 모든 노력을 기울여야 한다.'"

"불트가 방금 말했잖아." 내가 말했다. "자기들이 부르는 이름은 없다고."

"그러면 절벽은 어때, 불트?" 카슨이 불트를 똑바로 보며 말했다. "아니면 바위는? 선주민들은 바위를 뭐라고 불러?"

불트는 자기가 할 말을 상기시켜줄 사람이 필요한 듯 보였지만 카슨은 화를 내지 않았다. "크리스털은?" 카슨이 주머니에서 뭔가를 꺼내며 말했다. "크리스털을 부르는 이름이 있나?"

폭포가 더 크게 으르렁거리는 듯했다.

"싯쩨라아." 불트가 말했다.

"그래." 카슨이 말했다. "짜르라아. 이블린, 당신은 크리스털 폭포가 좋겠다고 했죠? 크리스털을 가리키는 단어를 따서 '짜르라아 폭포'라고 부르겠어요."

폭포 소리가 너무 커진 나머지 머리가 어지러울 정도였다. 나는 조랑말을 붙잡았다.

"짜르라아 폭포." 카슨이 말했다. "어떻게 생각해, 불트?"

"짜르라아." 불트가 말했다. "이름."

"네 생각엔 어때?" 카슨이 나를 보며 말했다.

이블린이 말했다. "제 생각엔 정말 아름다운 이름인 것 같아요."

나는 여전히 어지러워 오버행 가장자리로 걸어가 앉았다.

"그럼 결정된 거다." 카슨이 말했다. "핀, 네가 전송해줘. 짜르라아 폭포."

나는 거기 앉아 폭포의 포효를 들으며 반짝이는 물보라를 지켜보았다. 태양이 구름 뒤로 사라졌다가 다시 나왔고, 무지개들이 절벽 위와 그 너머를 셔틀렌처럼 날아다니며 유리처럼 반짝였다.

카슨이 내 옆에 앉았다. "짜르라아 폭포." 그가 말했다. "선주민들한테 크리스텔을 부르는 단어가 있어서 다행이야. 빅브라더가 우리더러 선주민식 이름을 더 많이 붙이라고 요구했었잖아."

"그랬지." 내가 말했다. "다행이야. 그나저나 '짜르라아'가 무슨 뜻인지 불트가 말해줬어?"

"아마 '미친 여자'일 걸." 그가 말했다. "아니면 '궁극의 아름다움'이거나."

"불트한테 뇌물을 얼마나 준 거야? 내년에 받을 급여 몽땅?"

"농담 한번 재밌네." 카슨이 인상을 찌푸리며 말했다. "불트가 팝업을 무척 좋아하니 그걸 줄까 했지. 유전 지대를 발견한 뒤로는 더 많은 걸 줘야 할지도 모른다고 생각했는데, 내가 도와달라고 했더니 그러겠다고 하는 거야. 벌금도 없이."

나는 놀라지 않았다.

"이름은 전송했어?" 카슨이 물었다.

나는 한참 동안 폭포를 바라보았다. 강물이 우르릉 소리를 내며 흘러내리며 무지개들과 함께 춤을 추고 있었다. "내려가는 길에 할게. 이제 출발하는 게 좋지 않을까?" 내가 일어서며 말했다.

"그래." 그가 다시 구름이 몰려오는 남쪽을 보며 말했다. "또

비가 올 것 같군."

카슨이 손을 내밀었고 나는 그를 힘껏 일으켰다. "그렇게 혼자 다녀서는 안 됐어." 내가 말했다.

그는 여전히 내 손을 잡고 있었다. "너도 자신을 거의 죽일 뻔했잖아. 그런 일을 해선 안 되지." 그가 내 손을 놓았다. "불트, 자, 이젠 네가 우리를 이끌고 내려가야지."

"어떻게 하려는 거지? 조랑말들은 한번 왔던 길로는 되돌아가지 않잖아."

하지만 불트의 조랑말은 곧장 은빛나무들을 지나 좁은 협곡으로 내려갔고 나머지 조랑말들도 아무런 저항 없이 한 마리씩 줄지어 뒤를 따랐다.

"먼지 폭풍만 가짜인 게 아니었어." 나는 중얼거렸다.

아무도 내 말을 듣지 못했다. 카슨은 불트 뒤를 따라가며 여전히 길을 안내하고 있었다. 그들은 사이드 협곡을 따라 내려가서 우리가 그토록 힘들게 올라왔던 골짜기를 지나 다시 다른 사이드 협곡으로 들어갔다. 나는 그들이 앞서가게 두고 고개를 돌려 이블린을 보았다. 그는 단말기 위에 몸을 숙이고 있었는데 셔틀렌에 관한 통계치를 보고 있는 듯했다. 나는 C.J.를 호출했다.

C.J.와 통신을 마친 후 앞쪽을 보니 폭포의 옆모습이 눈에 들어왔다. 무지개들이 하늘을 밝게 물들이고 있었다. 이블린이 내 곁으로 와서 말했다. "팝업 화면으로는 실제 모습을 절대로 담을 수 없을 거예요."

"맞아요. 절대 못 담을 거예요." 내가 말했다.

협곡이 넓어지면서 우리는 폭포를 비스듬한 각도에서 볼 수 있었다. 물줄기가 크리스털이 박힌 절벽에서 옆쪽으로 튀어 올랐다가 그대로 아래로 떨어지고 있었다.

"팝업 말이 나와서 말인데요." 이블린이 말했다. "카슨의 이름이 뭐예요?"

내가 카슨에게 말했던 것처럼 이블린은 똑똑한 사람이었다. "네?"

"성 말고 이름이요. 곰곰이 생각해보니 이름을 모르고 있더라고요. 팝업에서는 늘 서로를 핀드리디나 카슨이라고만 부르잖아요."

"알로이시우스예요." 내가 말했다. "알로이시우스 바이런. 앞 글자를 따면 A.B.C.가 되지요. 내가 말해줬다고 하지 말아요."

"카슨의 이름이 알로이시우스군요." 이블린이 곰곰이 생각하며 말했다. "그렇다면 당신의 이름은 사라겠네요." 정말 똑똑한 인간이다.

"어떤 종들은 가장 매력적인 암컷을 차지하려고 수컷들이 모두 경쟁한다는 사실 아세요?" 이블린이 쓴웃음을 지으며 말했다. "하지만 대부분의 수컷에겐 가망이 없어요. 암컷은 언제나 가장 용감한 수컷을 고르거든요. 아니면 가장 똑똑하거나."

"셔틀렌이 벽을 지었다는 걸 알아낸 건 꽤 똑똑한 일이었어요."

이블린의 얼굴이 밝아졌다. "그걸 증명해야 해요. 킹스 X로 돌아가면 셔틀렌이 그런 행동을 얼마나 자주 어느 정도의 크기로 하는지 분석해야겠어요. 논문도 써야 하고요."

"그것도 팝업에 나오겠죠." 내가 말했다. "당신은 유명해질 테고요. 이블린 파커, 외계 사회성동물학자."

"정말 그렇게 생각하세요?" 그는 마치 그런 생각은 해본 적이 없다는 투로 말했다.

"확실해요. 에피소드 하나가 통째로 당신 이야기일 거예요."

이블린이 나를 뚫어져라 보았다. "당신이군요, 그렇죠? 그 에피소드들을 쓴 사람이 당신이에요. 당신이 바로 그 캡틴 제이크 트레일블레이저였어요."

"난 아니에요." 내가 말했다. "하지만 누가 썼는지는 알죠." '그리고 그녀 이름의 앞글자는 C.J.T.지.' 나는 생각했다. "아, 어쩌면 시리즈가 더 만들어질 수도 있겠네요."

협곡이 갑자기 넓어지면서 우리는 또 다른 전망 지대에 서 있었다. 이번엔 평지만큼 넓고 아까보다 더 낮은 곳이었다. 한쪽으로 내려가는 길이 있었는데 그 길은 계곡을 따라 아래로 이어졌다. 계곡 너머로 분홍색과 라벤더색의 평원이 보였다. 동쪽으로는 배사를 지탱하는 절벽이 보였는데 스캐너의 범위를 너무 많이 벗어나서 아무것도 눈에 띄지 않았다.

"휴식 시간." 불트가 그렇게 말하며 조랑말에서 내렸다. 그리고 은빛나무 아래에 앉아 팝업을 펼쳤다.

"저 소리 들려?" 카슨이 하늘을 올려보며 말했다.

"C.J.야." 내가 말했다. "이블린이 자기 이론을 정리할 수 있게 데리러 오라고 했어. 몇 가지 테스트를 해야 한대."

"항공 촬영 중이야?" 카슨이 절벽 쪽을 걱정스럽게 돌아보며 물었다.

"C.J.한테는 남쪽으로 가서 포니파일 산맥을 넘어오라고 했어. 그 지역의 항공 사진이 필요하다고."

"돌아갈 때는 어떻게 하려고?"

"그걸 질문이라고 해? C.J. 옆에 이블린이 있을 거잖아. 이블린이랑 같이 헬기를 탄다면 항공 촬영 같은 건 할 수 없을 거야. 젠장, 오는 길에 항공 촬영해야 한다는 것도 까맣게 잊었겠네. 너무 신나서."

카슨이 나를 의아해하며 쳐다보았다. 헬기는 급강하 후 들판 위에 떠 있었다. C.J.가 화물칸에서 뛰어내려 이블린에게 달려가더니 그를 넘어뜨리다시피 하며 키스를 퍼부었다.

"저게 다 뭐 하는 짓이지?" 카슨이 그 둘을 보며 말했다.

"구애 의식이지." 내가 말했다. "내가 C.J.한테 말했거든. 이블린이 그녀 이름을 따서 폭포 이름을 지었다고. 크리스털 폭포라고." 나는 카슨을 보며 말했다. "이블린이 섹스를 하려면 그 방법밖에 없어. 어쨌든 이 행성에서는."

그들은 아직도 서로를 끌어안고 있었다.

"실제로는 뭐라 이름 지었는지 C.J.가 알게 되면 불같이 화내겠지." 카슨이 씩 웃으며 말했다. "언제 말할 거야?"

"말 안 할 작정이야." 내가 말했다. "내가 전송한 이름이 그거야."

카슨의 얼굴에서 웃음기가 사라졌다. "도대체 왜 그랬는데?"

"며칠 전에 하마터면 이블린이 제시한 이름을 통과시킬 뻔했어. 크리스크로스 개울이었지. 너는 불트가 무슨 짓을 꾸미는지 걱정이 태산이었고 나는 조랑말에 짐을 싣느라 바빴어. 그래서 우리가 건넜던 작은 개울의 이름을 뭐라고 할지 이블린이 물었을 때 신경을 쓸 수가 없었어. 어차피 빅브라더가 통과시키지 않았겠지만 내가 놓쳤던 거야. 다른 걸 걱정하느라 정신이 없어서."

이블린과 C.J.는 포옹을 풀고 폭포를 바라보고 있었다. C.J.가 지르는 새된 소리에 폭포 소리가 들리지 않을 정도였다.

"'크리스털 폭포'는 빅브라더의 심사를 통과하지 못해." 카슨이 말했다. "'짜르라아 폭포'는 통과해도."

"나도 알아." 내가 말했다. "대신 우리가 크리스털 폭포라고 이름 지었다는 것과 찌미쯔를 죽인 것에 화가 나 소리를 지르느라 유전 지대는 까맣게 잊을지도 모르지."

카슨은 이블린을 응시했다. C.J.가 그에게 다시 키스를 퍼붓고 있었다. "이블린은 어쩌고?"

"이블린은 입을 열지 않을 거야." 내가 말했다.

"불트는? 불트가 우리를 이 산맥에서 또 다른 배사나 다이아몬드 광산으로 데려가지 않으리라는 보장이 있어?"

"그것도 문제가 되진 않아. 네가 그냥 불트한테 말하면 돼."

카슨이 돌아서서 나를 쳐다보았다. "뭘 말하라는 건데?"

"누군가가 널 좋아한다는 걸 정말 모르겠어? 나무를 모아 모닥불을 피워주고, 팝업에서 네가 나오는 장면을 보고 또 보고, 선물도 주고…."

"무슨 선물?"

"주사위. 그리고 쌍안경."

"그 쌍안경은 '우리 거'였잖아."

"글쎄, 뭐, 선주민들이 그 단어의 의미를 잘 모르는 것 같긴 하더군. 불트는 너한테 셔틀렌 반쪽도 줬어. 그리고 유전 지대도."

"폭포를 찾는 걸 도와주겠다고 했던 게 그래서였군." 카슨이 말을 멈췄다. "이블린은 불트가 남성이라고 했는데?"

"남성 맞아." 내가 씩 웃으며 말했다. "우리가 불트의 성별을 구별하는 데 어려움을 겪었던 것처럼 불트도 우리의 성별을 구별하는 데 어려움을 겪는 것 같아."

"불트가 나를 여자로 생각한다는 말이야?"

"충분히 할 수 있는 실수지." 내가 웃으며 말했다. 그리고 나는 걷기 시작했다. 카슨이 내 팔을 잡고 돌려세워 마주 보게 했다. "정말 이러기야? 우리 둘 다 해고될 수도 있어."

"아니, 해고되지 않을 거야. 우리는 핀드리디와 카슨이거든. 해고되기엔 너무 유명하지." 내가 카슨에게 미소를 지었다. "빅브라더는 우리를 해고할 수 없어. 이번 탐사가 끝나도 탐사를 스무 번은 더 해야 빅브라더한테 진 빚을 갚을 수 있으니까."

우리는 또다시 끌어안고 있는 C.J.와 이블린이 있는 곳으로 갔다. "이블린, 조랑말을 데리고 C.J.와 함께 킹스 X로 돌아가세요." 내가 말했다. "가서 벽에 관한 이론을 글로 정리해야죠."

"이블린이 자기 이론에 대해 말해줬어." C.J.가 말했다. 그에게 그럴 시간이 있었다는 게 놀라웠다. "자기가 어떻게 너를 찌미쯔한테서 구했는지도."

"우리는 이번 탐사를 마저 마칠 겁니다." 카슨이 이블린의 조랑말을 끌고 오며 말했다. "여기 있는 동안 포니파일 산맥을 조사하는 게 좋을 것 같아요."

우리는 헬기 화물칸에 이블린의 조랑말을 실은 뒤, C.J.에게 포니파일 산맥을 넘어 서쪽으로 가라고, 그런 뒤 북쪽으로 날아가며 항공 촬영을 시도해보라고 했다.

C.J.는 전혀 귀를 기울이지 않았다. "필요한 만큼 오래오래 조사해도 괜찮아." 그녀가 헬기에 오르며 말했다. "그리고 우리 걱정은 하지 마. 아무 일 없을 테니." 그리고 C.J.는 조종석으로 갔다.

카슨이 이블린에게 가방을 건넸다.

"벽을 다양한 위치에서 홀로그램으로 찍어주신다면 고맙겠습니다." 이블린이 말했다. "그리고 플라스터 표본도 부탁드려요."

카슨이 고개를 끄덕였다. "우리가 또 해드릴 게 있나요?"

이블린이 고개를 들어 헬기를 올려보았다. "이미 많은 걸 해주셨습니다." 그가 고개를 저으며 웃더니 나를 보며 말했다. "크리스털 폭포라니. 난 아직도 그걸 '궁극의 아름다움'이라고 이름 지어야 했다고 생각해요."

이블린이 화물칸에 올라타자 C.J.는 헬기를 이륙시켰다. 이륙하며 땅에 너무 가까이 내려오는 바람에 우리 둘 다 머리를 숙여야 했다.

"너무 많은 걸 해준 것 같은데." 카슨이 말했다. "C.J.가 너무나도 고마운 나머지 이블린을 죽여버리진 않았으면 좋겠네."

"그런 걱정일랑은 하지 마." 내가 말했다. 헬기는 셔틀렌처럼 협곡을 한 바퀴 돌아서는 마지막으로 폭포를 한 번 더 본 다음 곧장 북쪽으로 날아가버렸다. 그로써 우리는 항공 촬영 자료를 받지 못하게 되었다.

"우리가 불가피한 일들을 미루고 있는 거 알지?" 카슨이 헬기를 바라보며 말했다. "조만간 빅브라더는 우리가 너무 많은 먼지 폭풍을 일으켰다는 걸 눈치챌 거야. 아니면 울프마이어가 246-73구역에서 은 광맥을 발견하겠지. 이곳에서 어떤 것들을 얻을 수 있는지 불트가 알아채고 그들에게 먼저 말할 수도 있을 테고."

"그 문제에 대해 생각해봤어." 내가 말했다. "어쩌면 우리가 생각하는 것만큼 상황이 나쁘지 않을 수도 있어. 벽을 지은 건 그들이 아니야. 알고 있잖아. 그들은 나중에 이주한 다음 원래 살던 이들의 머리를 쳐서 벽을 빼앗았지. 불트는 아마 1년 안에 스타팅게이트와 지구 절반을 차지하게 될 거야."

"그리고 폭포 위에 댐을 세우겠지." 카슨이 말했다.

"누가 알아? 국립공원을 만들지." 내가 말했다. "은빛나무와 벽이 보고 싶었다고 이블린이 말했던 거 기억나? 누가 그걸 만들었는지 알게 되면 더 그럴 거야. 사람들은 그런 걸 보려고 먼 길을 마다하지 않을 거야." 나는 폭포를 가리켰다. "불트가 입장료를 받을지도 모르지."

"그러고는 발자국 남겼다고 벌금을 매기겠지." 카슨이 말했다. "불트 이야기가 나와서 말인데, 내가 여자가 아니라는 걸 불트가 알면 너를 좋아할 수도 있잖아? 그럼 어쩌려고?"

"불트는 내가 남자라고 생각해. 너도 말했잖아. 내가 남자인지 여자인지 도통 알 수가 없었다고."

"그 말을 죽을 때까지 할 작정이지?"

"당연하지." 내가 말했다.

나는 불트가 앉아 있는 곳으로 갔다. 불트는 팝업에서 카슨이 짧은 치마의 손을 잡는 장면을 보고 있었다. "나랑 같이 가요." 카슨이 말했다.

"자, 불트. 출발하자고." 내가 말했다.

불트는 팝업을 닫은 뒤 카슨에게 건네주었다.

"두 사람의 약혼을 축하해." 내가 말했다.

불트가 로그를 꺼내더니 내게 말했다. "지표면 교란. 150달러."

나는 유스리스의 등에 올라탔다. "출발."

카슨은 또다시 폭포를 바라보고 있었다. "난 아직도 '짜르라아 폭포'라고 이름 지어야 했다고 생각해." 그가 말했다. 그러고는 자기의 조랑말 쪽으로 가서 배낭을 뒤적이기 시작했다.

"지금 뭐 하는 거야?" 내가 말했다. "출발하자고!"

"부적절한 말투와 태도." 불트가 로그에 대고 말했다.

"너한테 한 말이 아니야, 불트." 내가 말했다. "뭘 찾고 있는 건데?" 나는 카슨에게 물었다.

"쌍안경." 카슨이 말했다. "네가 가지고 있어?"

"내가 너한테 주었잖아." 내가 말했다. "이제 출발하자고."

카슨은 조랑말에 올라탔고 우리는 불트를 따라 경사를 내려가기 시작했다. 절벽 너머로 평원이 늦은 오후의 햇살을 받아 보라색으로 물들어가고 있었다. 벽은 포니파일 산맥에서 내려와 평원을 가로질러 구불구불 뻗어 있었고, 그 너머로는 미탐사 지역의 메사와 강, 그리고 분화구들이 마치 선물처럼, 바우어새가 모아놓은 보물처럼 펼쳐져 있었다.
 "너한테서 쌍안경 돌려받은 적 없어." 카슨이 말했다. "한 번만 더 잃어버렸다간…."

〈끝〉

옮긴이　김세경

미국 캘리포니아 주립대학교에서 언어학으로 석사 학위를 받았고, 럿거스 대학교에서 언어학 박사 과정을 마쳤다. 옮긴 책으로《앨리스의 모든 것》,《디.에이.》,《베스트 오브 코니 윌리스》(공역),《자신을 행성이라 생각한 여자》,《정신병원을 탈출한 여신 프레야》 등이 있다.

미지의 별

초판 1쇄 발행　2025년 8월 10일

지은이	코니 윌리스
옮긴이	김세경
펴낸이	박은주
디자인	김선예, 이다솔, 이수정
마케팅	박동준

발행처	(주) 아작
등록	2015년 9월 9일 (제2015-000140호)
주소	10542 경기도 고양시 덕양구 청초로 19 아이에스비즈타워센트럴 A동 707호
전화	02.324.3945-6　　**팩스**　02.324.3947
이메일	arzaklivres@gmail.com
홈페이지	www.arzak.co.kr
ISBN	979-11-6668-875-1 03840

책 값은 표지 뒤쪽에 있습니다.
잘못 만들어진 책은 구입하신 서점에서 교환해 드립니다.